Ernst Hallier

Der Grossherzoglich Sächsische Botanische Garten zu Jena: eine Anleitung für Studirende und Freunde der Pflanzenkunde

Ernst Hallier

Der Grossherzoglich Sächsische Botanische Garten zu Jena: eine Anleitung für Studirende und Freunde der Pflanzenkunde

Unveränderter Nachdruck der Originalausgabe von 1864.

1. Auflage 2024 | ISBN: 978-3-38635-845-3

Antigonos Verlag ist ein Imprint der Outlook Verlagsgesellschaft mbH.

Verlag: Outlook Verlag GmbH, Zeilweg 44, 60439 Frankfurt, Deutschland, info@outlook-verlag.de
Vertretungsberechtigt: E. Roepke, Zeilweg 44, 60439 Frankfurt, Deutschland
Druck: Libri Plureos GmbH, Friedensallee 273, 22763 Hamburg, Deutschland

Der Grossherzoglich Sächsische

Botanische Garten

zu Jena.

Eine Anleitung für Studirende und Freunde der
Pflanzenkunde

von

Ernst Hallier.

———◇◆◇———

Leipzig,
Verlag von Wilhelm Engelmann.
1864.

Inhaltsübersicht.

Einleitung.

Zunächst soll dieses Büchlein dem Botaniker, Mediziner und Pharmazeuten, sowie jedem Pflanzenfreund, als Führer dienen und ihm die schnelle Orientirung im botanischen Garten erleichtern.

Ein botanischer Garten soll aber nicht bloß dem gelehrten Fachmann eine Sammlung interessanter und nützlicher Gewächse darbieten, sondern er hat eine noch höhere Aufgabe: er soll dem ganzen Volk als Bildungsmittel dienen. Die Kenntniß ganzer Floren bestimmter Gegenden oder auch nur der hervorragendsten Erscheinungen im Vegetationsteppich verschiedener Oertlichkeiten erhebt uns über uns selbst und über die Natur, indem sie uns gewöhnt, die Pflanzenwelt als zusammenhängendes Ganzes, nach bestimmtem Plane geordnet, aufzufassen, nach einer Gesetzmäßigkeit, die wir zur Zeit mehr ahnden als begreifen können. Diese Betrachtung indessen beschränkt sich nicht auf das Gewächsreich, sondern sie erstreckt sich über die ganze, mit jenem eng verbundene, organische Welt. Thierreich und Pflanzenreich liefern einander gegenseitig die Bedingungen zu ihrer Existenz; der Mensch greift mit eherner Faust tief ein in das vegetative Leben, von welchem er doch seinerseits weit abhängiger ist, als er selbst zugeben möchte; das ganze organische Leben wiederum wird von der unorganischen Natur, von Boden, Klima, Atmosphäre und Witterung unmittelbar bedingt.

Wer in eine Landschaft hinausblickt, der wird um so mehr Genuß von derselben haben, um so mehr Belehrung wird ihm zu Theil werden, je mehr er mit den einzelnen Zügen vertraut ist, welche das Gesammtbild zusammensetzen. Daher wächst dem Naturforscher, dem wahren nämlich, das Verständniß für die Auffassung der Natur als Ganzes auf Reisen in einer Weise, die der Büchergelehrte kaum ahnt. Naturgenuß und Naturverständniß sollten aber Gemeingut aller Gebildeten sein, und das können sie werden durch Mittheilung. Darum ist derjenige glücklich zu preisen, welcher, wenn auch selbst Laie in den Naturwissenschaften, einen Führer findet, der die einzelnen, dem Menschen unbewußt wirkenden Züge in schärferes Licht setzt. Solches Führers bedarf man nicht nur in der Wildniß, sondern weit mehr noch im botanischen Garten und in seinen Glashäusern, weil hier keine Gesammtbilder bestimmter Gegenden gegeben werden können, sondern man sich diese erst aus einzelnen Zügen zusammensetzen soll, aus einem bunten Gemisch der verschiedensten Regionen der Erde.

Je mehr in neuester Zeit in allen Zweigen der Technik, der Medizin und Pharmazie, des Landbaues, der Forstwirthschaft u. s. w. das Studium der Natur aus eigner Anschauung zum unabweislichen Bedürfniß geworden ist, um so nothwendiger sind öffentliche Sammlungen, um so mehr wird ihre Popularität, d. h. ihre Nutzbarkeit und Zugänglichkeit für das große Publikum, gefordert. Ganz besonders trifft das die botanischen Gärten; sie sollen Sammlungen lebender Pflanzen aller Zonen und aller Familien sein; ihr Werth beruht daher zunächst auf ihrer Vollständigkeit; ihr Nutzen jedoch hängt weit mehr davon ab, in wie weit sie dem Publikum Mittel zum Studium an die Hand geben.

In dieser Beziehung kann der großherzoglich sächsische botanische Garten zu Jena*) sich mit den ersten unseres Vaterlandes messen, obwohl er mehren derselben an Größe bedeutend nachsteht. Eine Skizze seiner Institutionen und seiner Geschichte ist daher gewiß nicht ohne Interesse. Wenige Gärten sind wohl aus so unbedeutenden Anfängen hervorgegangen und haben während der ganzen Zeit ihres Bestehens so harte Kämpfe durchmachen müssen, wie der hiesige, und wenige haben im Verhältniß zu den dargebotenen Mitteln so Ausgezeichnetes geleistet.

Schon im Jahre 1631 erhielt Jena seinen ersten botanischen Garten auf Verwendung des Johann Gerhard, eines Theologen, beim Herzog Johann Philipp und wurde derselbe dem Professor Werner Rolfink als erstem Director übergeben**). Der Garten lag in unmittelbarer Nähe der jetzigen Anatomie und scheint für die damalige Zeit ziemlich bedeutend gewesen zu sein, denn das Verzeichniß der Pflanzen des botanischen Gartens und der Umgegend Jena's, welches der vierte Director, Johann Theodor

---

*) Vergl. Hamb. Gartenzeitung 1859.

**) Siehe M. J. Schleiden, Geschichte der Botanik in Jena. Prorektoratsrede, Leipzig 1859.

Schenk (1653—1671) anfertigen ließ, umfaßte fast 1300 Arten. Auch hielt Schlegel, schon zehn Jahre nach der Gründung des Gartens, denselben für zu klein und erlangte vom Herzog Wilhelm den so genannten Fürstengarten, von nun an der Wilhelminische genannt, zur Anlegung einer Pflanzensammlung, während der Rolfink'sche Garten speziell der medizinischen Botanik diente. Leider ging der Wilhelminische Garten sehr bald so vollständig wieder ein, daß Goethe in einem Bericht über denselben äußerte: „Der Garten ist vom Gärtner mit Obst bepflanzt, mit Ausnahme des sogenannten botanischen Flecks, welcher wüst liegt".

Im Jahre 1794 wurde endlich auf Loder's Vorstellungen beim Herzog der jetzige botanische Garten gegründet, mit zweihundert Thalern jährlich dotirt, Batsch als Director und Goethe als Spezialinspector an der Spitze.

Im Jahre 1819 wurde der Garten, bis dahin in praktischer Hinsicht vom Hofgärtner Wagner verwaltet, dem jetzigen Garteninspector Franz Baumann übergeben. Funfzig Topfpflanzen in einem armseligen Gewächshaus und circa zweihundert Landpflanzen bildeten das ganze Inventarium, zwei Tagelöhner das gesammte Gartenpersonal. Wir werden sehen, was aus diesen Anfängen nach und nach hervorgegangen. Bis zum Jahre 1821 beschränkte sich die Vergrößerung der Artenzahl auf das, was man von anderen Gärten an Sämereien und Stecklingen gratis erhalten konnte; in dem erwähnten Jahre jedoch konnte schon ein eigenes Samenverzeichniß ausgegeben und sein Inhalt zum Tausch angeboten werden. In dieser Weise konnte man 1830 schon mit acht auswärtigen Gärten in Correspondenz treten; bis 1860 ist ihre Zahl auf 32 theils deutsche, theils ausländische Gärten gestiegen und es werden alljährlich über 2000 Sämereien zum Tausch angeboten, im Jahre 1860 betrug ihre Zahl sogar 2200. So hat der Garten sich ganz aus eigenen Mitteln entwickelt, denn nicht ein Pfennig wurde bisher für den Ankauf von Topfpflanzen oder Sämereien verausgabt, dagegen gar Vieles verkauft werden konnte.

Bei so rasch fortschreitender Vergrößerung der Anzahl in Kultur genommener Arten mußten sich bald genug die vorhandenen Räumlichkeiten als unzureichend herausstellen. Der liberale Herzog Carl August bewilligte im Privatgespräch mit dem Garteninspector Baumann ein neues Gewächshaus, und wies denselben an Goethe. Goethe ward es gewiß nicht immer leicht, den beständig wachsenden Anforderungen des kleinen Staates an die Staatskasse zu entsprechen, daher man ihm die Antwort nicht verargen konnte: Nur unter der Bedingung könne er Geld zum Gewächshaus anweisen, daß man ihm Mittel zu neuen Ersparnissen nachweise.

Uebrigens wurden Gewächshäuser gebaut und zwar zuerst eine Orangerie, verbunden mit einem kleinen Warm- und Trockenhause. Die Orangeriebäume holte man aus Dornburg, wohin Carl August seine, bis dahin in Belvedere aufgestellte Orangerie übertragen hatte. Später kamen hinzu: ein Palmenhaus und Neuholländerhaus unter gemeinschaftlichem Dach, ferner ein niedriges Kalthaus, welches im Winter als Conservatorium (später zugleich als Vermehrungshaus), im Sommer als Treibhaus für Scitamineen diente.

Vor allen Dingen war auch die Gärtnerwohnung den Bedürfnissen des Garteninspectors und seines Personals durchaus unangemessen, und im Jahre 1825, am 21. September, dem Tage des fünfzigjährigen Regierungsjubiläums von Carl August, wurde der Plan zu dem neuen, wohnlichen Gärtnerhause genehmigt, welches außer der geräumigen Wohnung für den Inspector, einem großen Hof mit Brunnen und anderem Zubehör, Holzstall u. s. w., auch eine bequeme Behausung für den Gehülfen mit einem besonderen Eingang vom Garten her umfaßt.

Erst im Jahre 1844 wurde vom Ministerium der Bau eines niedrigen Tropenhauses bewilligt, mit der Bedingung jedoch, der Bau dürfe nicht über 1400 Thlr. kosten, und in der That ward in diesem und dem folgenden Jahre ein Haus von bedeutender Länge, nach beiden Seiten mit stark geneigten Glasdächern versehen, in eine sehr warme und eine kühlere Abtheilung getrennt, für kaum 1500 Thlr. vollendet. Während der Jahre 1848—1851, wo der Verfasser das Glück hatte, unter Baumann's Leitung die Gärtnerei zu erlernen, entstand neben vielen Treibbeeten und Kästen, welche in drei großen Längsreihen nach und nach angelegt waren, ein vortrefflicher, hochdachiger, nach beiden Seiten mit Fenstern versehener Winterkasten, welcher zur Ueberwinterung härterer Kalthauspflanzen seitdem die besten Dienste leistete. Natürlich waren im Laufe der Zeit mannichfache Reparaturen und Restaurationen nothwendig geworden, gelegentlich welcher das obenerwähnte Palmenhaus und Neuholländerhaus mit einem soliden Doppelglasdach und die kühlere Abtheilung des Tropenhauses mit einem kleinen, aber zweckdienlichen Aquarium versehen wurden.

Von den zahlreichen, zum Theil seltenen exotischen Pflanzen, welche vom Jahre 1827 an in diesen Gewächs-häusern zur Blüthe kamen, heben wir nur folgende hervor: Rhododendron chrysanthum L., Kalmia glauca Ait., Jacquinia macrocarpa Cav., Olea europaea L., Morina persica L., Acanthus carduifolius L. fil., Cereus hexagonus Haw., Arbutus Unedo L., Rhododendron davuricum L., Croton pungens Jacq., Eugenia Pimenta DC., Saccharum officinarum L., Costus nepalensis Rosc., Laurus benzoin L., Sassafras officinalis N. ab Es., Nelumbium speciosum W., Coffea arabica L., Tabernaemontana coronaria W., Cinnamomum nitidum Hook., Cassia australis Reinw., Indigofera tinctoria L., Euphorbia splendens Lodd., Musa rosacea Jacq., Thea chinensis Sims. u. s. w.

Namentlich in den letzten Jahren ist manche schöne und seltene Pflanze zur Blüthe gekommen und die Zahl der kultivirten Species ist auf 5488 gestiegen, abgesehen von den blumistischen Varietäten, welche mit eingeschlossen, der Garten an 10,000 Pflanzen aufzuweisen hat.

Aber nicht nur die große Anzahl der mit so geringen Mitteln kultivirten Pflanzen setzt in Erstaunen, sondern fast ebenso sehr die außerordentliche Ueppigkeit und kräftige Entwickelung, zu welcher einige derselben gedeihen. So z. B. war das Zuckerrohr, Saccharum officinarum L., im Jahre 1834 in so vielen und kräftigen Exemplaren vorhanden, daß man davon förmlich eine kleine Plantage im freien

Lande anlegen konnte, und es wurde daraus in der That eine nicht unbedeutende Quantität krystallisirten Zuckers gewonnen. Im Jahre 1861 stand im Palmenhaus ein Kafeebaum, Coffea arabica L., von kaum acht Fuß Höhe, bedeckt mit 116 reifen Früchten und daneben ein Exemplar von Laurus Canella Arab., ebenfalls über und über mit Früchten besäet.

Unerachtet dieses kräftigen Gedeihens fehlte es dem Garten, abgesehen von beständig pekuniär gedrückten Verhältnissen, keineswegs an großen Anfechtungen. Eine derselben verdient vor allen besonderer Erwähnung, da sie gewiß als seltenes Beispiel in der Geschichte deutscher Gärten dasteht. Es wurden nämlich dreimal sämmtliche Gewächshauspflanzen völlig vernichtet durch einen kleinen, unbedeutenden Feind, welcher aber in unzählbaren Schaaren herbeizog: ich meine die große Waldameise (Formica herculeana L.). Unweit des großen Orangeriehauses befand sich nämlich ein Abhang, mit alten Fichten bestanden, unter welchen die Ameisen ihre Schlupfwinkel hatten, von wo aus sie die Gewächshäuser besuchten und nicht nur die Pflanzen, sondern selbst das Balkenwerk vollständig zerstörten. Der damalige Gartengehülfe Zischling aus Berlin wurde fast zur Verzweiflung gebracht, denn, wenn er die Pflanzen begießen wollte, spritzten Hunderte der kleinen Thiere ihm ihren scharfen Saft in's Gesicht und er war nicht im Stande, sich vor ihnen zu bergen.

Der Garteninspector wendete sich an den Herzog Carl August, der sich sehr für die Sache interessirte und zur Antwort gab, man müsse Goethe veranlassen, die Fichten wegschlagen zu laffen. Es geschah, und die Ameifen, welche ihren Bau befonders an den Fichtenwurzeln aufgeschlagen hatten, wurden zum größten Theil mit Seifenfiederlauge getödtet, die übrigen zum Auszug in den benachbarten Eichftädtifchen Garten gezwungen. Das Balkenwerk der Gewächshäufer wurde später mit Schiffstheer angeftrichen, doch machten die Ameifen noch einmal aus ihrem neuen Afyl einen Angriff auf das noch ungetheerte, kleinfte Warmhaus, deffen Holz= werk fie abermals vernichteten.

Als in den Jahren 1854 und 1855 der fogenannte Eichftädtifche Garten, welcher fchon 1841 zum Fürftengarten hinzugefügt und fomit dem botanifchen Garten übermacht war, zu einem fchönen Arboretum mit manchen feltenen und neuen Holzgewächfen umgefchaffen wurde, da mußten die Ameifen abermals ihren Schlupfwinkel verlaffen und fiedel= ten in den Prinzeffinnengarten über. Das neue Arboretum erfreut fich einer unvergleichlich fchönen Lage. An einem fanften Bergabhang ziemlich hoch gelegen, geftattet es den freien Blick in das blühende Saalthal; dem Auge begegnet nirgends eine Begrenzung des Gartens, fo daß man fein Bereich weit in die Landfchaft hinein ausdehnen kann, indem es fich organifch den Umgebungen anfchließt. Betrachten wir nun den Garten in feinem gegenwärtigen Zuftand, fo müffen wir einräumen, daß er in Bezug auf Ordnung und Sauberkeit feines Gleichen fucht. Während in frühefter Zeit das Linné'fche Syftem den Eintheilungsgrund hergab, wurde später das Syftem von Juffieu an die Stelle ge= fetzt und in höchft zweckmäßiger Weife eingeführt.

Am Anfang jeder Rabatte befindet fich auf einem Stabe

eine viereckige Holztafel, weiß angestrichen, auf welcher mit schwarzer Oelfarbe die Pflanzenfamilie angegeben. Jede Spezies ist dem entsprechend mit einer kleineren Tafel auf niedrigerem Stabe versehen, auf welcher zu beiden Seiten der Speziesname verzeichnet steht; aber nicht nur alle Arten, sondern sämmtliche Doubletten und Varietäten sind sorgfältig etiquettirt. Später wurde dann noch die Trennung der Sommergewächse von den Stauden vorgenommen.

Und man glaube ja nicht, daß die Unterhaltung dieser vorzüglichen Anlage großen Aufwand erfordert. Das Gartenpersonal besteht lediglich aus einem Gehülfen, einem Zimmermann und sechs Tagelöhnern; nur während der wärmeren Monate kommen für das Arboretum noch drei Tagelöhner hinzu.

Die Verwaltung des Gartens geschieht mit der größten Liberalität. Die Besuchszeit ist im Sommer von 6 bis $11\frac{1}{2}$ Uhr Vormittags, von 1 bis 6 Uhr Nachmittags; im Winter von 7 bis 12 Uhr Vormittags, von 1 bis 5 Uhr Nachmittags für Jedermann ohne Ausnahme. Die sorgfältige Etiquettirung erleichtert natürlich dem Anfänger das Auffinden der Pflanzen und das Studium derselben ungemein, zumal da derselbe um verhältnißmäßig geringen Preis auf abgeschnittene Blumen für's Herbarium halbjährig abonniren kann. So haben viele Studenten während des Sommers an 1400 Pflanzen eingelegt und außerdem wird täglich für mehre Collegia eine große Anzahl von Arten in je 20 bis 50 Exemplaren abgeschnitten, wodurch dem botanischen Unterrichte ein ungemeiner Nutzen erwächst.

I. Tropenhaus.

Treten wir denn ein in das untere der beiden Garten-
thore am Fürstengraben und wenden uns zunächst rechts
hinab in das lange, niedrige Tropenhaus. Durch den an der
Ostseite in der Mitte befindlichen Eingang gelangen wir auf
einen Vorplatz, von welchem die Thür zur Linken in den
Heizraum, die zur Rechten in das Haus führt. Wählen wir
diese, so umfängt uns ein kleines Mittelhaus, dessen Hintergrund mit einem Wasserbassin geschmückt ist, von künstlichen Felsen gekrönt, aus welchen ein klarer Quell über Blumen hinabfällt. Eine anmuthige Frische umfängt uns in
der Umgebung von Rhododendren, Camellien, einzelnen
Coniferen und anderen Vertretern mäßig warmer Klimate.
Rechts und links sehen wir je eine Glasthür, jene schließt
die Abtheilung für warme Farren, diese diejenige für die
wärmsten Tropengewächse vom Mittelhaus ab. Wählen wir
des leichteren Ueberblicks halber zuerst diese letzte, zur Linken
des Eintretenden gelegene. Wir finden in der Mitte des
Hauses ein langgestrecktes Beet, zwei das Dach tragende
Baumstämme umschließend, mit Pflanzen der verschiedensten
Art bestanden. An den Wänden des Hauses laufen rings-
um, durch einen sauberen Sandpfad von jenem Beet getrennt, die Feuerkanäle*), über denen ebenfalls mit Gewächsen bestandene Beete angebracht sind. Vornau auf dem

---

*) Die Kanäle ziehen sich zuerst unter dem Mittelbeet hindurch,
wenden dann um, in doppelter Biegung unter den Seitenbeeten fort-
laufend.

Mittelbeet tritt uns sogleich eine auffallende Erscheinung
entgegen.

Von einem kurzen, dicken, schuppigen Stamm erhebt sich
eine prachtvolle Krone mehrwirteliger, einfach gefiederter,
tiefgrüner, glatter, glänzender, bis 6 Fuß langer. Blätter.
Unwillkürlich erinnert uns diese Gestalt an die Abbildun-
gen, die wir von Palmen gesehen. Haben wir aber das
Glück, einen neuen Blatttrieb sich entfalten zu sehen, so wird
uns schon darin ein hervorragender Unterschied klar; nämlich diese schönen Blätter oder Wedel, die man übrigens hier
für Zweige mit begrenztem Wachsthum anzusehen hat, er-
scheinen in einem vollständigen Wirtel von 12—20 zugleich,
während bei den Palmen sich nach Art der Monokotyledonen
stets ein Blatt aus dem anderen und eins nach dem anderen
hervorschiebt. Man könnte bei unserer Pflanze, dem Sagobaum: Cycas revoluta Thunb., an ein baumartiges Far-
renkraut denken, denn bei ihnen findet sich, wie bei unserer
Struthiopteris germanica Willd. eine derartige Entwickelung der Wedel, und in der That hat der große Linné die
Sagobäume zu verschiedenen Zeiten bald unter die Palmen,
bald unter die Farrenkräuter gestellt. Die Farrenkräuter ent-
wickeln bekanntlich ihre Früchte auf der Rückseite der Wedel;
davon sehen wir bei unserem Sagobaum nichts, sondern er
trägt zapfenartige Blüthenstände getrennten Geschlechts, bis-
weilen auch blattartige Blüthenträger; stets aber entwickelt
er förmliche Samenknospen, freistehend, d. h. ohne Fruchtknoten und Frucht. Man hat daher die Cycadeen, mit den
Zapfenträgern (Coniferen) und Mistelgewächsen (Loran-
thaceen) unter dem Namen der Nacktsamigen oder Gym-

nospermen vereinigt, zwischen Farrenkräuter und Monokotyledonen in die Mitte gestellt. Den Sago liefert bei den
verschiedensten Arten das Mark der Stämme. Die Familie
ist außer der Stellung im System höchst interessant als
Ueberrest einer vergangenen oder untergehenden Pflanzen-
gruppe, denn von der Triasperiode bis zur Kreide spielt sie
in dem gleichmäßig feuchtheißen Klima eine sehr bedeutende
Rolle im Vegetationsteppich der Erde. Gegenwärtig findet
sie ihr entsprechendes Klima nur noch an wenigen subtropischen und tropischen Küstenstrichen, so in China und Japan,
Ostindien, Westafrika und Südamerika. Wir werden bei'm
weiteren Durchwandern der Häuser noch mehre Vertreter der
Gattungen Cycas, Zamia, Encephalartos u. s. w. wahrnehmen, die alle im äußeren Bau eine große Uebereinstim-
mung zeigen.

Nicht weit von der von den schönen Blattpflanzen der
Plectogyne variegata Lk. umgebenen Cycas sehen wir
zum Vergleich einige Palmen aufgestellt; zunächst die kleine
Zwergpalme: Chamaerops humilis L., die einzige, welche
in Europa heimisch ist. Diese, von den Spaniern el pal-
meto genannte, zierliche Pflanze bedeckt in 4—5 Fuß hohen
Exemplaren die sumpfigen Niederungen zwischen Cadiz und
Xeres. Außer ihr finden sich in derselben Gegend, sowie in
Süditalien und Griechenland, nur wenige, kümmerliche und
unfruchtbare Exemplare der Dattelpalme (Phoenix dactylifera L.). Die Zwergpalme, welche auf dem kurzen
Stamm eine büschelige Krone zierlicher, fächerförmiger Blätter trägt, ist im nördlichen Afrika sowie auf den Inseln der
Westküste sehr häufig. In Carolina und Florida wird die-

selbe durch die Chamaerops palmetto Michx. vertreten, bei deren Anblick die spanischen Eindringlinge unwillkür= lich an ihre heimische Zwergpalme „el palmeto" erinnert wurden, von der sie eine etwas vergrößerte und verschönerte Ausgabe darstellt. Auch sie finden wir auf derselben Mit= telrabatte neben einer dritten Art, der Cham. hystrix Pursh. oder Corypha hystrix Desf., welche in Nord= amerika, namentlich im Staat Georgia dieselbe Rolle über= nimmt. Schöner und breitblättriger ist die danebenstehende peruanische Schirmpalme: Corypha frigida Mart.

In der Mitte des Beetes finden wir die allerliebste me= xikanische Rohrpalme: Chamaedorea elatior Mart., welche nicht zu den Fächerpalmen, sondern zu den Wedelpalmen gezählt werden muß, da ihr schlanker, rohrartiger Stamm eine Krone zierlicher, gefiederter Blätter trägt. Endlich fin= den wir am Ende des Hauses Gruppen der zwergartigsten aller Palmenformen in den Arten der Gattung Curculigo, deren gelbe Blüthen fast unmittelbar über dem Boden zur Ent= faltung kommen; besonders Curculigo recurvata Dryand. und C. Sumatrana Lodd. Noch können wir unter den Palmen die kleine, in Carolina und Georgia heimische Sabal Adansonii Guerns. erwähnen. Die den Irisgewächsen nahe= stehenden Musaceen sind in diesem Hause nur durch kleine Formen, besonders durch verschiedene Heliconien mit ihren prachtvoll gefärbten Brakteen und langgestielten, großen Blättern vertreten. Häufiger findet man hier die Aroideen, eine der einfachsten Familien unter den Monokotyledonen, gewissermaßen die Vorläufer der Palmen, noch unbestimmt in ihrem Habitus, bald als Staude auftretend wie unser

Aron, bald strauchartig wie manche Arten von Pothos und häufig schlingend wie das merkwürdige, großblättrige Philodendron pinnatifidum Schott. aus der Gegend von Caraccas, mit Recht als Baumfreund bezeichnet, weil es nicht nur oft auf Bäumen lebt, seine großen, fiederspaltigen Blätter malerisch in die Luft sendend, sondern auch oft viele Ellen lange Luftwurzeln von Baum zu Baum schlingt. Eine andere Art hat den Beinamen pertusum erhalten, weil ihre schönen, glänzenden Blätter zwischen den Nerven von rundlichen Löchern unterbrochen sind.

Die an Gewürzpflanzen so reiche, den Musaceen nahe verwandte Familie der Scitamineen sieht man hier vertreten in den Gattungen Alpinia, Maranta, Calathea u. f. w. Bekanntlich liefern die Arten von Maranta das westindische Arrow-root im Stärkemehl ihrer Knollen, die Gattungen Alpinia und Amomum die unter dem Namen Kardamom zusammengefaßten Gewürze, die Kurkume wird von den Knollen der Pflanzen gleiches Namens (Curcuma) gebildet, der Ingwer und mehre andere Gewürze von denen der Gattung Zingiber. Alle diese Pflanzen sind eigentlich Stauden, welche theils nur unfruchtbare, theils blüthentragende Blattzweige treiben, deren Blätter scheidig und von höchst einfacher, meist lanzettlicher Gestalt sind. Die Blüthen sind in verwickelter Symmetrie angelegt, so daß in dieser Beziehung die Familie den Orchideen ähnelt.

Diese prächtige Familie ist nur schwach vertreten. Die hierher gehörigen Pflanzen sind theils in Körben und Ampeln sowie auf Holzklötzen unter dem Doppeldach des Hauses vertheilt, theils in einem Glaskasten links vom Eingang zusammengestellt. Hier befinden sich alle solche Pflanzen, die wie die seltsame Kannenpflanze Ceylons (Nepenthes destillatoria L.), bei welcher jedes Blatt in eine zierliche Dekelkanne endigt oder wie die berühmte Fliegenfalle N.-Amerika's, deren zierlich-gefranzte Blätter sich bei der Berührung plötzlich schließen, einer besonderen Wärme und Pflege bedürfen. Unter den Orchideen hebe ich als häufig zur Blüthe gelangend nur hervor: Goodyera procera Hook. aus Nepal, Maxillaria densa Lindl. aus Mexiko, Cymbidium sinense Willd., welche fast alljährlich durch große Trauben blaßgelblicher, zwei Zoll breiter Blumen mit prachtvoll purpurnen Streifen erfreut, die aus der Mitte der linealischen lederigen Blätter hervorragen; ferner Cypripedium insigne Wallich aus Nepal, die ihren Beinamen mit vollem Rechte trägt und den prachtvollen Phaius grandifolius Lour. China's. Die stacheligen, palmenähnlichen Pandaneen vermißt man hier so wenig wie die Ananasgewächse oder Bromeliaceen, durch die Gattungen Pitcairnea, Bilbergia, Tillandsia, Puya und Bromelia vertreten und leicht kenntlich an der dieser Familie eigenen, röhrenartigen Blattfaltung. Gar nicht selten kommen diese Pflanzen zur Blüthe und wetteifern in der Farbenpracht der Brakteen mit den Musaceen und Scitamineen, so die Puya Altensteini mit tiefrothen Deckblättern, weißlicher Krone und orangegelben Staubblättern in jedem Jahre.

Die Dikotyledonen werden in Warmhäusern merkwürdigerweise meist etwas stiefmütterlich behandelt. Vielleicht ist es die unseren Zonen ganz fremde architektonische Einfachheit der monokotyledonen Riesengewächse der Tropen, die ihnen beim Pflanzenliebhaber stets den Vorzug giebt. Hie und da findet man im Hause einige Sträucher der gewürzreichen Pfefferfamilie (Piper medium Jacq. s. P. plantagineum Lam. von den Caraïben u. a.), welche im Habitus, in Bezug auf Blattbildung und Blüthenstand ganz den schlingenden Aroideen unter den Monokotyledonen entsprechen, einige unserem Epheu verwandte Araliaceen wie z. B. die Aralia capitata Jacq. Westindiens und verschiedene Vertreter der großen Familie der Urticaceen oder Nesselgewächse. Zu dieser Familie gehört z. B. das Feigengeschlecht, worunter sich der heilige Baum der Bramanen (Ficus religiosa L.) befindet, dieser Riese, dessen schöne, herzförmige Blätter jedoch auch an den Zwergexemplaren des Gewächshauses dem Beschauer Freude machen. Die Ficus holosericea Schott. aus Brasilien, die F. denticulata Wahl. mit eichenlaubähnlichen Blättern u. m. a. zeigen den großen Formenreichthum der Gruppe, noch mehr freilich die seltsamen Dorstenien wie z. B. Dorst. ceratosanthes Lodd., mit ihren sonderbaren, tellerförmigen und schüsselförmigen Blüthenständen. Haben wir noch hie und da von einer schönen Blüthe Notiz genommen, etwa der der Franciscea Hoppeana Hook.*) (F. uniflora Pohl), einer Scrophularinee aus Brasilien, welche anfangs schön violett, dann weiß erscheint, so wenden wir uns durch das Mittelhäuschen in die andere Abtheilung, welche für tropische Farren bestimmt ist.

---

*) Richtiger Brunfelsia uniflora Don. Sie wächst in der Gegend von Rio de Janeiro.

II. Farrenhaus.

Das Mittelbeet dieses Hauses ist lediglich für tropische und subtropische Farren bestimmt, welche in den allermannichfachsten Formen in den Gattungen Asplenium, Aspidium, Polypodium, Blechnum, Acrostichon, Adiantum, Pteris, Aneura, Hemionitis, Gymnogramme und unzähligen anderen auftreten. Hier sieht man die baumartigen Formen von Aspidium Serra, Blechnum brasiliense und anderen ihre Kronen auf wenige Fuß hohen Stämmen über die niedrigeren Arten emporheben *) und in der großen Mannichfaltigkeit der Blattgestalten treten einige so abweichend hervor, daß sie unwillkürlich unsere Blicke auf sich ziehen, so das Vogelnest (Asplenium nidus avis), welches seine großen, länglichen Blätter zu einem becherartigen Körper zusammenfügt und das ganz abenteuerlich gestaltete Hirschhorn: Platycerium alcicorne u. grande, diese von Bidwill aus dem an Sonderbarkeiten reichen Australien zuerst nach London gesendet, während die erstgenannte Art ein Bürger Afrika's ist. Die zierlichen Formen der Lycopodiaceen: Lycopodium und Selaginella schmücken die schmalen Bretter, welche an den Wänden angebracht sind, neben der niedlichen südamerikanischen Cyperacee: Isolepis pygmaea Kunth., während hie und da Schlingpflanzen wie die prächtige Porzellanblume: Hoya carnosa R. Br. Südasiens u. a. A. an dem Gebälk des Daches empor-

---

*) Im Vaterland werden die Wedel 15—20 Fuß lang auf 20—50 Fuß hohen, meist unveräftelten Stämmen.

gezogen sind. Der Raum über dem Kanal längs der West-seite des Hauses ist zu einem kleinen Aquarium verwendet. Freilich ist die Victoria regia, jener prachtvollste Bewohner der stillen und friedlichen Gewässer (Igaripes) des tropischen Südost=Amerika, besonders Guiana's und der Gegend des Amazonenstromes und seiner Nebenflüsse nicht im Stande, auf dem kleinen Bassin ihre mächtigen Blätter auszubreiten, doch sieht man hier zahlreiche kleinere Seerosen, meistens der Gattung Nymphaea angehörig, ausgezeichnet durch Farbenpracht in Roth und Blau und Weiß wie durch Zier-lichkeit der Formen; man findet die durch ihren Geschlechts=akt so berühmt gewordene Vallisneria spiralis D. Poll., welche in stehenden Gewässern Oberitalien's, Nordamerika's und Neuholland's hauset, ferner die berühmte Papierstaude der Aegypter: Papyrus antiquorum Willd. (Cyperus papyrus L.), welche neben ihrem Verwandten, dem Cype-rus alternifolius L. von Madagaskar, auf schlanken, ho-hen Stengeln die zierlichen Haarbüschel ihrer Blattkrone mit den Blüthen erhebt. Der westindische Entenflott (Pistia stratiotes L.), welcher fast in allen Tropengegenden die Rolle unserer Wasserlinsen übernimmt, schmückt die Fläche mit seinen schönen Blattrosetten.

Nachdem wir das Haus verlassen, gehen wir den Weg, welchen wir gekommen, fast bis zum Eingangsthor zurück und biegen dann rechts um. Zu unserer Rechten liegt, in-dem wir zwischen die Gewächshäuser treten, das sogenannte Konservatorium, im Sommer für Scitamineen und andere wärmeliebende Pflanzen bestimmt, zur Linken ein hohes Haus, welches sich in eine warme und eine kalte Abtheilung trennt, jene vorzugsweise für Palmen, diese für Neuholländer und Heidesträucher bestimmt. Es ist vor wenigen Jahren gänzlich restaurirt und mit Doppeldach versehen. Wir betreten zuerst die warme Abtheilung.

III. Palmenhaus.

Spielen die Palmen hier auch nicht gerade eine vorherrschende Rolle, so wollen wir sie doch als die Fürsten des Pflanzenreiches zuerst ins Auge fassen. Ein ziemlich altes Exemplar der Dattelpalme (Phoenix dactylifera L.) schiebt seine langen Wedel weit über das Dickicht der übrigen Pflanzen hinaus. Auch von der Phoenix reclinata Jacq. aus dem östlichen Afrika, vielleicht nur Varietät der gemeinen Dattelpalme, findet man ein ziemlich ansehnliches Exemplar. Die Wedelpalmen sind ferner auch hier durch verschiedene Arten der anmuthigen Gattung Chamaedorea vertreten (Cham. elatior Mart. Mexiko, Ch. Schiedeana Mart.). Nicht minder zierlich ist unter den Fächerpalmen die in China und Japan heimische: Rhapis flabelliformis L. fil., gewöhnlich ganz gegen die Art der Palmen in Folge ihres schnellen Wachsthums von unten herauf beblättert, daher vom Laien um so weniger für eine Palme anerkannt, als die Wurzel so zahlreiche Schößlinge treibt, daß sehr bald ein ganzer kleiner Palmenwald sich aus dem Kübel oder Blumentopf erhebt.

Die größeste Rolle spielen in diesem Hause die baumartigen Liliengewächse und die Musaceen. Der berühmte Drachenbaum (Dracaena draco L.), der Riese unter den

Liliaceen, ragt auch hier über alles andere empor, aber nicht mannichfach verzweigt, wie das viel besprochene Exemplar zu Orotava, sondern mit völlig einfachem Stamm, welcher eine schöne Krone lanzettlicher, spitzer, herabhängender Blätter trägt. Die Krone wächst nämlich ungestört fort bis sie einen Blüthenzweig entwickelt, wodurch ihr Wachsthum sich begrenzt und sie gezwungen wird, Seitentriebe zu bilden. Man kann daher an der Zahl der Verzweigungen mit Sicherheit wahrnehmen, wie oft der Baum schon geblüht habe, und da er im Gewächshaus sehr selten zur Blüthe kommt, so findet man fast nur einfache Exemplare. Andere Arten blühen häufiger; so entfaltet gegenwärtig (Ende Oktobers 1863) die ebenfalls afrikanische Dracaena arborea Lk. ihre reiche Blüthenrispe und die Charlwoodia congesta Sweet. (Cordyline congesta Steud.) aus Neuholland zeigt alljährlich im Gewächshaus wie in den Zimmern die violetten Blüthen. Die purpurblättrige Dracaena ferrea L. (Dr. terminalis Jacq.), die breitblättrige Dracaena brasiliensis hort., deren Vaterland ungeachtet des Beinamens noch ungewiß ist, findet man hier neben den zierlichen Kronen der Cordyline (Cordyl. stricta Steud. = Dracaena str. Sims. aus Neuholland u. a. A.).

Auf schlanken Stämmen tragen die herrlichen Musen ihre breiten Blätter hoch empor, vom Laien nach einer falschen Schulvorstellung meist für Palmen angesehen; bei den Palmen schießen die Blätter aber sogleich wedelartig oder fächerig getheilt empor, während sie bei den Musaceen erst später durch Sturm und Regen einreißen, vom Rande gegen die große Mittelrippe in parallele Streifen sich absondernd.

Die Paradiesfeige (Musa paradisiaca) kommt bekanntlich nur als Kulturpflanze vor und ihr Ursprung ist so dunkel wie bei allen diesen Gewächsen. Die Araber verpflanzten sie zuerst aus Indien und Arabien nach Aegypten. Zahlreich sind die Namen der Musa. Das Wort Banane und Plana oder Platane soll von dem Sanskrit=Wort Phala oder Pala d. h. Frucht abgeleitet sein. In Amerika wurde durch die Portugiesen der Name Banane, von den Spaniern dagegen die Bezeichnung Plana oder Platanos eingeführt. Die kleinen runden Sorten werden in Amerika und Guinea Pacova, in China Pacquo genannt. Der Name Pisang soll von den Holländern aus dem Malayischen eingeführt sein. Merkwürdiger Weise hielt Linné die Paradiesfeige für einen Blendling der Heliconia Bihai, weshalb er dieser Pflanze den Gattungsnamen Heliconia beilegte, nämlich: Sitz der Musen. Nach Hooker*) soll der Name: Plantane der Musa paradisiaca L., Banane dagegen der M. sapientum L. zukommen, was nach obiger Darstellung unrichtig.

Man erblickt im Hintergrund des Palmenhauses schöne Exemplare der Musa rosacea Jacq. von den Maskarenen, der M. paradisiaca L., der M. coccinea Andr. von China und Ostindien (M. Cavendishi Paxt. s. M. chinensis Sweet.), nicht selten blühend. Zu den Musaceen gehören auch die Strelitzien, nicht minder schön durch ihre herrliche Blattentwickelung als interessant durch ihre Ge=

---

*) Kew Gardens, or a popular guide to the royal botanic gardens at Kew, by Sir W. Hooker.

schichte. Den Namen Strelitzia erhielt die Gattung von Joseph Banks und Will. Aiton, welcher im Jahre 1759 zum Direktor des botanischen Gartens in Kew ernannt wurde*), zu Ehren der Gemahlin Georg's III., einer Prinzessin aus dem Hause Mecklenburg-Strelitz.

Durch ihre gewaltigen Blätter wird die Strelitzia augusta Thunb. (Heliconia alba L.) vom Kap in der That eine Pflanze von höchst ehrwürdigem Ansehen. Weit kleinere, bläulich grüne Blätter auf langen Stielen entwickelt die Strelitzia reginae Ait., doch erfreut sie häufig durch die violetten Blüthen, welche von prachtvoll orangefarbigen Brakteen gestützt werden. Der Scitamineen, deren Familienname von einem malayischen Wort Scitamen, Gewürz, abgeleitet sein soll, brauche ich hier nicht nochmals zu erwähnen. Auffälliger treten uns die tropischen Gräser entgegen. die rohrartigen Bambuseen: Ludolfia glaucescens Willd. aus Ostindien (Arundinaria glaucesc. Beauv.) und das Bambusrohr: Bambusa arundinacea Retz., bekannt als Baumaterial bei den Chinesen, die indische**) Hirse: Panicum plicatum Lam. (P. palmifolium Poir.) mit breiten zierlich gefalteten Blättern und unscheinbaren Blüthen, und vor allen das nützliche Zuckerrohr: Saccharum officinarum L., eine so leicht zu aklimatisirende Pflanze, daß sie an der Südseite von Madeira***) noch in

---

*) Von ihm existirt ein Werk unter dem Namen Hortus Kewensis of Will. Aiton 1789. Er starb 1793, worauf sein Sohn: W. Townsend Aiton an seine Stelle trat.

**) In Ostindien und den Maskarenen heimisch.

***) Vgl. H. Schacht. Madeira und Tenerife. Berl. 1859. p. 3.

1000 Fuß Höhe kultivirt werden kann und in neuerer Zeit überall im südlichen Europa in Kultur genommen wird.

Neben dem Zuckerrohr sieht man hier, um auf die Dikotelydonen noch einen kurzen Blick zu werfen, den Kafeebaum (Coffea arabica L.), welcher nicht selten in den Blattachseln die duftenden weißen Blüthen zeigt. Als Nutzpflanzen treten uns noch einige derjenigen Bäume entgegen, welche in ihren Rinden die beliebten Zimmtgewürze liefern, so Laurus canella Arrab. aus Brasilien und mehre Arten von Cinnamomum. Das Heer der Begonien, jener beliebten Cucurbitaceen mit schiefen Blättern, daher Schiefblatt genannt, fehlt hier nicht. Ein anderer deutscher Name ist Auferstehungsblume; während die Engländer den für einige Arten höchst bezeichnenden Ausdruck: Elephantenohren (elephants ears) haben. Die Feigenbäume können sich hier etwas kräftiger entfalten, als im unteren Hause, wir finden außer dem allgemein bekannten Kautschuk-Baum: Ficus elastica Roxb. den zitronenblättrigen: Ficus citrifolia Lam., den neuholländischen F. australis Willd. (F. rubiginosa Desf.), und den berühmten Bananienbaum (Ficus indica L.), welcher am Ufer des Nerbudha einen Kronenumfang von nahebei 2000 Fuß erreicht, so daß einst 7000 Mann unter ihm Schatten finden konnten. Die Luftwurzeln, welche er von der Krone aus in den Boden hinabsendet, bilden 320 dicke und mehr als 3000 dünnere Stämme zur Unterstützung des ungeheuren Laubdaches.

Sehr bemerkenswerth sind uns die kleinblätterigen kletternden Feigenbäume: F. stipulata Thunb. (F. scandens Lam.), in China und Japan als Epidendren heimisch, in

vielen warmen Ländern, so z. B. in der Umgegend von Fun=
chal auf Madeira als Laubengewächs beliebt, und hier zur
Ausschmückung der Hinterwand des Gewächshauses ange=
wendet, wo dieser Kletterstrauch neben dem chinesischen Stein=
brech: Saxifraga sarmentosa L. auf dem Felsen üppig
gedeiht. Die übrigen Schlingpflanzen, besonders Passi-
floren, sind an den Sparren des Daches hinaufgezogen.

Einzelne hervorstechende Merkwürdigkeiten werden dem
Besucher sich von selbst aufdrängen, so z. B. die brasiliani-
sche Carolinea insignis Sw., von Karl Müller *) sym=
bolisch eine baumartige Distel genannt, der Bombax, mit
der vorigen zu den Bombaceen gehörig, gewissermaßen tropischen Malvenbäumen von meist riesenhaften Dimensionen,
der prächtige Korallenbaum: Erythrina corallodendron L.
von den Karaiben, die seltsame Euphorbiacee: Phyllan-
thus falcatus Pers. (Xylophylla falcata Ait.) von den
Bahama-Inseln, mit blattartigen Blüthenstengeln, so
daß es den Anschein hat, als brächen die zahlreichen rothen
Blüthen aus den Blättern hervor; der majestätische Trom-
petenbaum oder Kanonenbaum: Cecropia peltata L., eine
Urticacee Westindiens mit großen, schildförmigen, lang=
gestielten Blättern, die schönen Loosbäume (Clerodendron),
besonders der japanesische: Clerodendron fragrans Vent.
(Volkameria japonica Thb.) mit duftenden, weißen Blü=
·then in reicher Trugdolde und der ostindische, besonders auf
Zeylon häufige Cl. infortunatum mit röthlichen Blumen
u. s. w. Zum Schluß will ich noch des schönen Melonen=

---

*) Die Natur v. O. Ulle u. K. Müller Jahrg. 1863 Nr. 48 p. 380.

baumes: Carica papaya L. Erwähnung thun, der, in Brasiliens Wäldern heimisch, in allen Tropengegenden angebaut, hier im Gewächshaus nur in kleinen Exemplaren vorhanden ist, dagegen an anderen Orten, so z. B. auf Wilhelmshöhe bei Kassel in herrlichen Blüthen und reifen Früchten prangt, was um so mehr zu bewundern, als der Baum zweihäusig ist. (Vergl. die Wochenschrift für Gärtnerei und Pflanzenkunde. Berlin, Aug. 15. 1863. Nr. 33. S. 259.)

Wir treten in die kühlere Abtheilung des Hauses.

IV. Neuholländerhaus.

Beim Eintritt in dieses Haus empfängt uns ein eigenthümlicher, fast betäubender Duft. Er rührt her von den Vertretern einer kleinen, den Rutaceen verwandten Pflanzenfamilie vom Kapland. Fast alle Arten dieser Familie besitzen schmale fast nadelförmige Blätter, kleine weiße oder unscheinbare Blüthen und einen großen Reichthum an ätherischen Oelen von durchdringendem Geruch. Diese Oele sind es, welche manche derselben für den menschlichen Haushalt nützlich machen. So bereiten die Hottentotten aus der von ihnen Diosma oder Bucku genannten Pflanze ein beliebtes Toilettenmittel, indem sie dieselbe mit Fett zur Abhaltung der Fliegen auf ihre Körper reiben. Die Blätter der Barosma crenata Kunze und B. serratifolia Willd. liefern die unter dem Namen folia bucco bekannte, wichtige medizinische Drogue. Schon dieses Beispiel zeigt, daß dieses Gewächshaus nicht gerade ausschließlich Bewohner Neuhol-

lauds birgt, indessen doch fast nur Pflanzen von einem be=
stimmten Vegetationscharakter. Sie alle haben nämlich ent=
weder nadelförmige, sehr schmale oder kleine myrtenartige
Blätter, die oft eine so abweichende Stellung haben, daß sie
kein geschlossenes Laubdach bilden, sondern das Sonnenlicht
hindurch lassen, was den oft undurchdringlich dichten austra=
lischen Wäldern etwas ungemein Lästiges giebt. Gradezu
unheimlich ist meistens der Wald zufolge der graugrünen
oder bläulichen Farbe mancher Blätter, während andere, mit
lederiger, glänzender Oberhaut versehen, das Licht in der
unbestimmtesten Weise zerstreuen. Hier erblickt man die
Casuarinen mit winzigen, schuppenartigen Blättern und
schachtelhalmähnlich in einander gefügten Stengelgliedern,
die Proteaceen, die ihren Namen den mannichfaltigen und
oft höchst abenteuerlichen Formen ihrer Stengel, Blätter und
Blusten*) verdanken. Die unseren Birken und Weiden ver=
wandte Familie, wenn hier überhaupt von einem derartigen
Vergleich die Rede sein kann, ist in ihrer Verbreitung fast
auf Australien und Südafrika beschränkt. Auf der nördli=
chen Halbkugel giebt es wahrscheinlich keine einzige Art, eine
nur in Südamerika, nämlich in Chili. Diese seltsame Pflanze
Quadria heterophylla R. P. (Guevinia avellana Molin.)
trägt eine vortreffliche, nußähnliche Frucht, welche auf den
chilesischen Märkten unter dem Namen avellano feilgeboten
wird. Einige Arten der Familie, wie Protea mellifera
Thunb., liefern einen angenehmen, honigartigen Saft, wel=
chen man einkocht und gegen den Husten anwendet. Wir

---

*) Blüthenstand.

finden in unserem Gewächshaus manche Arten, unter denen das Leucadendron argenteum R. Br. mit seinen schönen, silberhaarigen Blättern sich auffallend auszeichnet. Dieser Baum wird auf dem Kapland allgemein als Brennholz angewendet. Eine sehr schöne Unterbrechung in dem fast traurigen Blattgewirre bewirkt ein großer Theil der afrikanischen Acacien mit zartgefiederten Blättern, während es hier wiederum vorzugsweise die Insassen Neuhollands sind, welche eine sonderbare Abweichung zur Schau tragen, indem sie statt der Blätter sogenannte Phyllodien besitzen, d. h. eigentlich bloße Blattstengel, welche die Funktion des Blattes übernehmen und sich seiner Gestalt annähern.

Zu den schönsten Zierden des Neuholländerhauses gehören jedoch die Myrtaceen, besonders die herrlichen Arten der Gattung Callistemon R. Br. Während die Akazien meist in den ersten Monaten des Jahres ihre gelben, zarten Blüthen entfalten, erfreuen die Myrtaceen vorzugsweise im Sommer durch Blüthenentwickelung. Die Myrtaceen sind reich an Gattungen und mannichfaltig bezüglich der Blüthenbildung. Welchen Reichthum der zierlichsten Blüthen zeigen die Genera: Myrtus, Eugenia, Baekea, Leptospermum, Beaufortia, Melaleuca, Calothamnus, Metrosideros, Callistemon und andere. Man kann nach der Blüthenbildung die Myrtengewächse in zwei große Gruppen zerlegen: entweder nämlich sind die Kronblätter verhältnißmäßig groß und schön entwickelt, die Staubblätter dagegen treten zurück (Leptospermeae) wie bei unserer gewöhnlichen Myrte, bei Myrtus, Eugenia, Leptospermum, Baekea u. a. oder die Staubblätter erreichen eine bedeutende Länge und meist prachtvolle Farben, während die Kronblätter verkümmern (Callistemoneae), so bei Metrosideros *), Callistemon u. s. w.

Die neuholländischen Myrtaceen **) zeigen eine besondere Eigenthümlichkeit, die sie von denen der übrigen Erdgegenden größtentheils trennt; sie besitzen nämlich statt der beerenartigen Früchte eine Art von Cupula oder Becher, welcher 3 — 4 Schließfrüchte vollständig umschließt, ähnlich dem Becher der Cupuliferen z. B. der Eichen und Buchen, nur mit dem Unterschiede, daß dieser aus verholzten Deckblättern, der Becher der Myrtaceen dagegen aus dem verholzten Blüthenstiel entsteht. Die meisten neuholländischen Myrtaceen gehören daher zu den Holzfrüchtigen (Xerocarpieae), im Gegensatz zu den Saftfrüchtigen (Chymocarpieae). Die Flora Neuhollands ist uns eigentlich erst in diesem Jahrhundert besser bekannt geworden. Linné kannte kaum eine einzige Pflanze derselben. Die Reise von Dampier und besonders die erste Entdeckungsreise Cook's gaben eine oberflächliche Anschauung von der Vegetation des neuen Kontinent, aber erst im Jahre 1788, in welchem nördlich von der Botany-Bay, die ihren Namen von den Ansiedlern wegen des Pflanzenreichthums erhalten hatte, Port Jackson, der Hafen von Sidney angelegt wurde, wurden australische

---

*) Metrosideros und Angophora unterscheiden sich von dem sehr ähnlichen Callistemon durch gestielte Blüthen und breitere, meist abgerundete, horizontal stehende Blätter.

**) Vergl. Wochenschrift für Gärtnerei und Pflanzenkunde Berlin 1863 Nr. 36 u. 37.

Pflanzen in größerer Anzahl in die englischen Gärten ein=
geführt*).

Unter den neuholländer Gewächsen giebt es auch mehre
Riesenbäume, was man bei der zarten Belaubung und Ver=
zweigung zu glauben kaum geneigt ist. Die Arten von Eu-
calyptus, leicht kenntlich an den länglichen, rundlichen oder
nierenförmigen Gestalten ihrer gepaart den Zweig umfassen=
den, blaubereiften Blätter und während der Blüthezeit an
dem mützchenartig von unten sich ablösenden Kelch, erlangen
eine Stammhöhe von 200 Fuß und darüber.

Ebenfalls in diesem Hause sind die Haiden oder Ericeen
aufgestellt, meistens Bewohner des nördlichen und südlichen
Afrika, wo sie weiten Steppen und Buschlandschaften den
Charakter aufprägen; ferner die strauchartigen Papilionaceen oder Schmetterlingsblüthen, die an ähnlichen Lokali=
täten eine nicht minder bedeutsame Rolle spielen, die Epa-
crideen, gewissermaßen die Haidegewächse Neuhollands
u. s. w.

V. Konservatorium.

Begeben wir uns nun durch das Palmenhaus zurück
in's Freie, so stehen wir vor dem kleinen Konservatorium, im
Winter, wie der Name sagt, zur Aufbewahrung sogenannter
Kalthauspflanzen bestimmt, im Sommer zur Kultur von

---

*) Joh. Ed. Smith, Specimen of the botany of New-Hol-
land. Lond. 1793 und Transact. of Linn. societ. Vol. II. p. 346.
Smith war Präs. der Linne'schen Gesellschaft und Inhaber des Linne'-
schen Herbar's.

Scitamineen und anderen wärmeliebenden Pflanzen. Hier finden wir in der heißen Jahreszeit eine schöne Sammlung sogenannter Blattpflanzen, unter denen außer der erwähnten Familie besonders die Aroideen vertreten sind. Wir staunen über die Farbenpracht der Caladien mit ihren mannichfaltig gesprenkelten, gestreiften oder metallisch glänzenden Blättern, die in letzter Zeit so beliebt geworden sind bei den Gartenfreunden; wir freuen uns, darunter die wunderbar gezeichneten, großen Blätter der Colocasia antiquorum Schott (Arum colocasia L.) des Morgenlandes sowie das giftige stumme Rohr: Caladium seguinum Vent. Westindiens zu finden, von den Einwohnern so genannt, weil ein Weniges von seinem Saft, auf die Zunge gebracht, diese dergestalt angeschwollen macht, daß das Sprechen dadurch unmöglich wird. Auf den Brettern finden wir eine kleine Reisplantage und unter vielen zarteren Tropengewächsen drei, welche ganz besonders unsere Aufmerksamkeit auf sich lenken, nämlich zwei Arten der vielberühmten Sinnpflanzen oder Mimosen: Mimosa sensitiva L. und M. pudica L., beide aus Brasilien, und besonders die letztgenannte höchst interessant durch die regelmäßigen Bewegungen ihrer sich bei der leisesten Berührung nach und nach zusammenfaltenden, gefiederten Blätter, die dritte Pflanze: Hedysarum gyrans L. (Desmodium gyrans L.) aus Bengalen eigentlich noch merkwürdiger: sie bewegt nämlich im Sonnenschein ihre empfindsamen Blätter in regelmäßigen Intervallen auf und nieder.

VI. Orangerie und oberes Warmhaus.

Wenden wir uns vom Konservatorium aus links und steigen die Steintreppe hinan, so gelangen wir zuerst in ein kleines Warmhaus, welches im Sommer zugleich als Raum zum Aussäen, Verpflanzen und zu ähnlichen Arbeiten dient, im Winter theils zur Aufbewahrung von Knollen und Zwiebeln, welche erst im Frühjahr wieder in die Erde gebracht werden, anderentheils zur Ueberwinterung halbwarmer Gewächse, welche, in subtropischen oder mäßig warmen Klimaten heimisch, weniger Wärme und Feuchtigkeit bedürfen, als die eigentliche Tropenwelt. Dahin gehören ganz besonders die saftreichen Pflanzen aus den Gruppen der Cacteen, Aloineen und Agaveen. Die Cacteen, unseren Grossulariaceen verwandt, sind bekanntlich in ihrer Verbreitung auf einen Gürtel von 40° S. B. bis 40° N. B. auf dem amerikanischen Kontinent beschränkt. Wahrscheinlich giebt es nicht eine einzige Art, welche nicht ursprünglich nur in Amerika heimisch wäre, obwohl viele derselben, besonders aber die Kochenille-Pflanze, sich rasch in wärmeren Gegenden der übrigen Kontinente verbreitet haben. Auch auf dem angegebenen Gebiet beschränken sie sich fast durchweg auf bestimmte Standorte, nämlich auf Steppen und wüste Ebenen, wo sie bei ihrer Saftfülle dem Reisenden wie seinen Lastthieren ein Labsal sind. Die Pampas von Venezuela und die Ebenen Mexiko's sind die Tummelplätze, wo sie am mannichfaltigsten und üppigsten auftreten, wo sie die Rolle der Disteln auf unseren wüsten, steinigen Berggehängen und Plateau's übernehmen. Dabei erreichen sie indessen eine bedeutende Meereshöhe wie die beblätterten, hochstämmigen Peireskien am Titikaka-See in 12700 Fuß Meereshöhe.

Bietet unser kleines Gewächshaus auch nicht eine so vollständige Sammlung von Cacteen dar wie z. B. der Garten des Herrn F. A. Haage zu Erfurt, so genügt sie doch zum Ueberblick über die verschiedenen Vegetationsformen. An Mamillarien oder Warzenkaktus mit kugeligen oder walzlichen Stämmen, bedeckt mit Schraubenlinien kegelförmiger, dornentragender Warzen, am oberen, oft etwas grubig vertieften Ende einen Kreis schöner rother oder gelber Blumen hervorbringend, ist die Sammlung besonders reich. Ihr Vaterland sind besonders die Kordilleren von Venezuela. Ihnen schließen sich die gerippten, meist kugeligen Echino-cacten an, meist überragt von den walzigen, oft vielfach kandelaberartig verzweigten Gestalten der Cereen, unter denen ein Cereus hexagonus Haw. sich durch ein so rasches Wachsthum auszeichnet, daß er schon mehrfach das Glasdach des Hauses erreichte und geköpft werden mußte. Auch der zierliche Greisenkaktus Cereus senilis Salm. fehlt hier nicht. Zur Gattung Cereus gehören auch zum Theil die in den Zimmern so gern kultivirten Arten, namentlich der prachtvolle, feuerrothe Cereus speciocissimus Dec. mit meist dreiflügeligem Stamm, sowie der Schlangenkaktus: C. serpentinus Lagasc. mit dünnen, herabhängenden Zweigen und karminrothen Blüthen. Alljährlich kommt die Königin der Nacht: C. grandiflorus Mill. zur Blüthe. Auch die Gruppe der breitstengeligen Opuntien mit ihren theils furchtbar großen und gefahrdrohenden, theils winzig kleinen, in großer Menge in der Haut stecken bleibenden und

Geschwüre hervorrufenden Dornen zeigt die große Mannichfaltigkeit ihrer Gestalten. In der Vegetationsform schließen
sich den Cacteen die zur Familie der Asclepiadeen gerechneten Stapelien und eine kleine Anzahl von Euphorbien
an. Eine ähnliche Kultur verlangen auch die Aloineen
und Agaveen, welche, an Saftfülle den Cacteen gleichend
und ähnliche Standorte einnehmend, doch darin sehr im
Habitus abweichen, daß das saftreiche Gewebe nicht im
Stengelorgan, sondern in den Blättern seinen Sitz hat.

Die Aloineen bilden eine Abtheilung der Liliaceen.
Ihr Blüthenstengel, welcher einen oberständigen Fruchtknoten trägt, entspringt in den Blattachseln; die Pflanzen haben also eine zusammengesetzte Vegetationsperiode. Dadurch
unterscheiden sie sich wesentlich von den meist flachblättrigen,
zu den Amaryllideen gerechneten Agaveen. Diese haben
einen endständigen Blüthenträger, welcher unterständige
Fruchtknoten gewöhnlich in großer Anzahl entwickelt; sie
sind daher im Wachsthum begrenzt; ihre Periode ist einfach;
nach der Blüthe stirbt die Pflanze ab. Daher ging die
prachtvolle Gruppe von der als Magueypflanze der Mexi-
kaner berühmten Agave americana L., welche noch im
Jahre 1848 in voller Schönheit im Großherzoglich Sächsi-
schen botanischen Garten zu Weimar prangte, durch Abblü-
hen innerhalb weniger Jahre zu Grunde. Aber herrlich ist
der Anblick des 12 — 35 Fuß hohen Blüthenschaftes, mit
zahlreichen, schlank gebogenen, schraubig geordneten Zweigen,
welche wie Armleuchter viele Hunderte zartgelber, lilienarti-
ger Blüthen tragen, aus denen beständig ein honigartiger
Nektar herabtropft. Ueberhaupt giebt es manchen Riesen

unter diesen Agaveen. Der Blüthenschaft der Fourcroya
gigantea Vent. (Agave vivipara L. teste Hook.?),
welche ihren Namen dem französischen Chemiker Fourcroy
verdankt, erreichte im botanischen Garten von Kew im Jahre
1844 eine Höhe von 36 Fuß. Die übrigen Saftpflanzen,
von den Gärtnern gewöhnlich unter dem Namen der Suc-
culenten zusammengefaßt, gehören hauptsächlich den Familien der Crassulaceen und Mesembryanthemeen an,
welche in gemäßigten Klimaten, am häufigsten wohl in Afrika
verbreitet sind. Ihren geringeren Ansprüchen an Wärme
entsprechend finden wir sie in der Orangerie aufgestellt, in
die wir jetzt eintreten. Dieses große Haus ist ganz und gar
für die Ueberwinterung von Pflanzen bestimmt, welche in
einem Klima wachsen, von dem unsrigen nur durch größere
Milde, seltene und schwache Fröste und größere Sonnen-
wärme verschieden. Dahin gehören vor allen Dingen die
meisten Holzgewächse des südlichen Europa: die Zitronen
und Orangen, der Lorbeer, Oelbaum und Kirschlorbeer, die
Flora der Inseln inmitten des atlantischen Ozeans, besonders der Azoren, so z. B. der beliebte Zierstrauch: Viber-
num tinus L., welcher auch im südlichen Europa und nördlichen Afrika vorkommt, die syrische: Melia azedarach L.,
ein Theil der Bewohner der Südstaaten der nordamerikanischen Union, des nördlichen Afrika und selbst Neuhollands.

Nach dieser Exkursion durch die Jenaischen Gewächshäuser möge es mir vergönnt sein, noch auf einige besonders
schöne oder interessante Pflanzen in den Gewächshäusern
Seiner königlichen Hoheit des Großherzogs, welche sich zu
Weimar und Belvedère befinden, aufmerksam zu machen,

denn da dieses Büchlein wesentlich für die Zwecke des akademischen Unterrichts und der Belehrung geschrieben ist, wird eine solche Hinweisung auf die hervorragenden Erscheinungen der Nachbarstadt sicherlich zweckdienlich sein. Natürlich muß ich mich dabei auf die allerhervorragendsten Gewächse beschränken.

VII. Seltene oder interessante Pflanzen in den Gewächshäusern zu Weimar und Belvedère.

In dem kleinen sogenannten botanischen Garten im Park zu Weimar, welcher unter der Obhut des Herrn Hofgärtner Hartwig liegt, befindet sich ein recht hübsches Warmhaus, in welchem ich folgende, theils mehr oder weniger neue, theils schön und gesund aufgezogene Pflanzen besonders erwähnen möchte:

Ein vortreffliches, hochstämmiges Exemplar der europäischen Zwergpalme (Chamaerops humilis) fand ich im Oktober 1863 mit schönen Fruchttrauben reich geschmückt. Eine Scitaminee (Maranta regalis), vor noch nicht gar langer Zeit in die Gärten eingeführt, prangte im vollen Schmuck ihrer Blätter, deren dunkles Grün von den Mittelnerven aus durch beiderseits parallel verlaufende, rosafarbene, doppelte Querstreifen auf das wunderbarste unterbrochen war. Zwei schönblättrige Doldengewächse: Ferula glauca L., in Italien, Griechenland und Südfrankreich heimisch, und Melanoselinum decipiens Hoffm. (Selinum decipiens Wendl. Schrad.) bekunden die eines botanischen Gartens würdige Vertretung von Pflanzenfamilien, denen man sonst kaum einen Platz in den Glashäusern einzuräumen pflegt. Dieses Beispiel zeigt aber zugleich, wie leicht bei solcher Vernachlässigung auch der blumistische Vortheil verloren gehen könnte, denn beide Pflanzen erfreuen das Auge durch prächtig gefiederte, breite Blätter, so daß man die letztgenannte mit ihrer herrlichen Blattkrone auf unverästeltem Stamm leicht für eine Araliacee halten könnte. Diese Gelegenheit will ich nicht vorübergehen lassen, ohne auf zwei herrliche Vertreter der genannten Familie hinzuweisen, welche sich in einem anderen Gewächshaus befinden (Sciodaphyllum fariniferum und Aralia papyrifera). Ein schönes blumistisches Seitenstück zu jener Maranta bildet eine Acanthacee (Aphelandra Leopoldi), deren breite, lebhafte grüne Blätter von der Mittelrippe aus weiße Parallelstreifen zeigen. Auch der Storchschnabel von Madeira und Tenerife: Geranium anemonaefolium Herit. verdient die volle Aufmerksamkeit des Naturfreundes. Schließlich erwähne ich noch, daß im Sommer die prachtvolle, neue Papilionacee: Clianthus Dampieri ihre scharlachenen Blumen mit schwarzrothem Fleck zur Vollendung brachte.

Die Gewächshäuser im Großherzoglichen Park zu Belvedère zeichnen sich durch einzelne Exemplare von besonderer Größe und Vollkommenheit aus, zum Theil noch der Sorgfalt Goethe's unter dem ebenso kunstsinnigen als naturliebenden Großherzog Karl August ihren Ursprung verdankend. Ich erwähne im Warmhause:

Ein hochwüchsiges Exemplar der Schirmpalme Südamerika's: Sabal umbraculiferum Lodd., eine Zwergpalme (Chamaerops humilis L.) mit 10 Fuß hohem Stamm, eine schöne Fächerpalme (unter dem Namen Chamaerops excelsa?) von 12—15 Fuß Höhe, die maskarenische Fächerpalme: Latania borbonica Lam., der ulmenblättrige Feigenbaum: Ficus ulmifolia Lam., auf Java und den Philippinen wildwachsend, eine Strelitzia augusta Thunb., welche dem heimischen Exemplar nichts nachgiebt, die südamerikanischen Aroideen: Pothos crassinervia Jacq., im Oktober 1863 einen Blüthenkolben entwickelnd, und Pothos cannaefolia Sims. (unter dem Synon. Philodendron cannaefolium Sweet), eine Astrapaea mollis mit mächtig sich ausbreitenden Zweigen, manche schöne Begonien, so z. B. Begonia Griffithsii und die zierliche B. microphylla u. s. w.

In den Kalthäusern nimmt die Aufmerksamkeit des Botanikers besonders in Anspruch: Ein Riesenexemplar des schon im Alterthum zur Fabrikation von Lanzenschäften rühmlich bekannten Rohrs: Arundo donax L. des südlichen Europa und nördlichen Afrika, der schöne neuholländische Nadelbaum: Araucaria excelsa Ait. mit äußerst regelmäßig wirtelständigen Aesten, viele über 20 Fuß hohe Exemplare von Zypressen, nämlich: Cupressus sempervirens L., welcher im südlichen Europa, ja schon am Genfer See im Freien fortkommt und selbst in einem Theil Norddeutschlands und Englands den Winter ohne Bedeckung erträgt und die japanische Zypresse: Cupr. pendula Thunb. (unter dem Synon.: Cupr. patula Pers.), ferner: schöne Lorbeern, Orangen, Myrten, ein etwa 8 Fuß hoher Johannisbrodbaum: Ceratonia siliqua L., einige sehr große Neuholländer, namentlich eine Melaleuca hypericifolia Smith, eine große, baumartige afrikanische Heide: Erica arborea L. (auch in Südeuropa vorkommend, wenn auch nicht in so bedeutender Größe, am entwickeltsten vielleicht auf Madeira und anderen Inseln des atlantischen Ozeans, wo sie dichte Gebüsche bildet), ein kletternder Feigenstrauch: Ficus stipulata Thunb., welcher eine große Wand völlig bedeckt, ein kräftiges Exemplar einer Agavee: Fourcroya (foetida Haw.) gigantea *) Vent., welche in Südamerika heimisch ist, und manches Andere.

VIII. Das botanische System der Pflanzen im freien Lande.

Wenden wir uns nach dieser Abschweifung auf's Neue dem Jenaischen Garten zu, so knüpfen wir am leichtesten wieder an, wenn wir von den uns nun bereits bekannten Gewächshäusern ausgehen. Von dem Hause, dessen beide Abtheilungen als Palmenhaus und Neuholländerhaus benutzt werden, finden wir etwa in der Mitte des bis zur Gartenmauer noch übrigen Raumes ein kleines Wasserbassin, um welches in verschiedenen durch Breter getrennten Abtheilungen die wichtigeren einheimischen Wassergewächse kultivirt werden. Der Platz zur Rechten und Linken von diesem Bassin wird durch Treibkästen und niedrige Erdhäuser eingenommen, jene zur Aussaat, zur Kultur zarter Gewächse so wie solcher, die einer ganz besonderen Aufsicht und Behandlung oder der Bodenwärme bedürfen, diese zum Ueberwintern

---

*) Vergl. den vor. Abschnitt.

härterer Pflanzen bestimmt. Vor diesen Kästen und Mist=
beeten beginnen die Rabatten in zwei Abtheilungen, eine zur
Rechten, die andere zur Linken vom Bassin. Auf diesen
Beeten findet man nur Sommergewächse. Die so verschie=
dene Kultur, die Unbeständigkeit, die häufige Einführung
neuer Arten machen es nämlich für jeden wohlgeordneten
botanischen Garten fast unerläßlich, die einjährigen Pflan=
zen von den mehrjährigen zu trennen, wie man bekanntlich
die höheren Holzpflanzen von jeher in sogenannten Arbore=
ten zusammengestellt hat. Das System, nach welchem die
Pflanzen des Gartens überhaupt angeordnet sind, ist selbst=
verständlich das natürliche und zwar sind die natürlichen
Familien in sehr zweckmäßiger Weise am Ende der Beete
durch höhere Etiketts bezeichnet. Alle Etiketts sind von Holz
und zwar sind es ziemlich große, viereckige Tafeln, mit wei=
ßer Oelfarbe angestrichen und mit schwarzen lateinischen Let=
tern bedruckt. Diese Tafeln werden mittelst einer eisernen
Spitze auf einem vierkantigen, braun angestrichenen Stab
befestigt, so daß sie jederzeit abgenommen werden können.
Außerdem sind für Pflanzen, welche nur vorübergehend im
Garten auftreten, sogenannte Löffelstäbe im Gebrauch, d. h.
oben handbreite, an einer Seite glatte und ebene Stäbe,
welche mit Bleistift beschrieben werden, nachdem die glatte
Seite mit Oelfarbe eingerieben worden. Außer diesen wer=
den noch kleinere Etiketts in bekannter Form angewendet.
Jede Familie wird nun durch eine größere Tafel, die Gat=
tungen und Arten wieder durch etwas kleinere bezeichnet.

Die Anordnung der Sommergewächse auf dem bezeich=
neten Platz ist nun folgende:

Links vom Bassin finden wir das ganze Quartier durch die große Familie der Compositen besetzt; zur Rechten folgen von vorn nach hinten: Primulaceae, Plantagineae, Oleraceae, Amaranthaceae, Verbenaceae, Labiatae, Solaneae, Hydrophylleae, Asperifoliae, Scrophularineae, Campanulaceae, Lobeliaceae, Cucurbitaceae, Convolvulaceae, Dipsaceae und Stellatae.

Die übrigen Sommergewächse haben wir hinter dem Conservatorium aufzusuchen und zwar folgen hier:

Papaveraceae, Lythrarieae, Mesembryanthemeae, Portulaceae, Onagreae, Ranunculaceae, Caryophylleae, Resedaceae, Geraniaceae, Lineae, Cistineae, Malvaceae, Papilionaceae, Umbelliferae.

Das System der ausdauernden Gewächse ist im Garten folgendermaßen vertheilt: Kommt man durch den unteren Thorweg in den Garten, so zieht sich links an der Gartenmauer hinauf ein Revier langer Beete, auf welchen man die Farrenkräuter, Gräser, Zypergräser, Carices und Aroideen vereinigt findet. Die wenigen Sommergewächse dieser Familien bleiben mit den übrigen vereinigt. Dieses Revier ist umgeben von künstlichen Felsböschungen, aus sogenannten Naturkalksteinen erbaut. Hier trifft man eine Anzahl von Alpenpflanzen, Orchideen, Farrenkräutern und anderen einen steinigen Boden liebenden Gewächsen.

Hat man das erwähnte Revier bis zum Wohnhause des Herrn Garteninspectors durchschritten, so befindet man sich auf einem Plateau, in zwei Quartiere getheilt, nach Süden ebenfalls durch Felsparthieen abgeböscht. Am Rande dieses Abhanges findet man ein schmales Beet mit allen möglichen

Getreidearten. Der Felsabhang selbst trägt unten zwei große Beete, zu welchen eine breite Steintreppe hinabführt, das zur Linken im Sommer für Crassulaceen und Mesembryanthemeen, das zur Rechten für Cacteen bestimmt.

Von den beiden Quartieren auf dem Plateau ist das gerade vor dem Wohnhause gelegene mit den Familien der Monocotyledonen*) bedeckt. Am Hause zieht sich ein Beet entlang, worauf im Sommer die Aloineen und Agaveen eingegraben werden, während dem Hause selbst einjährige Schlingpflanzen eine anmuthige Zierde gewähren. Das zweite Quartier trägt die Vertreter der: Euphorbiaceae, Urticaceae, Polygoneae, Oleraceae.

Zwei Treppen stehen uns je an den Enden dieses Quartiers zu Gebote, um uns auf den sogenannten Pflanzenplatz zu führen, welcher lediglich dazu bestimmt ist, im Sommer den größesten Theil der Kalthauspflanzen aufzunehmen, während die Neuholländer meistens auf einem Beet vor dem Orangeriehaus vereinigt werden, wo sie durch eine hohe Kornushecke vor den Sonnenstrahlen geschützt stehen. Vom Pflanzenplatz gelangen wir ohne Schwierigkeit in den höchstgelegenen Theil des Gartens, den sogenannten Berg, ein großes Plateau, auf welchem die Familien in dieser Folge auftreten:

Ranunculaceae**), Hypericineae, Papaveraceae, Caryophylleae, Onagrarieae, Labiatae, Verbenaceae,

---

*) Besonders: Irideae, Liliaceae, Smilaceae, Dioscoreae.
**) Die Clematideen befinden sich auf einem Abhang südlich von dem kleinen mit der Orangerie verbundenen Warmhaus.

Scrophularineae, Solaneae, Asclepiadeae, Apocyneae, Primulaceae, Plumbagineae, Nyctagineae, Plantagineae, Campanulaceae, Lobeliaceae, Hydrophylleae, Asperifoliae (Borragineae), Stellatae (Rubiaceae), Dipsaceae und Compositae.

Die übrigen Familien hat man in dem erwähnten Revier hinter dem Konservatorium zu suchen, wohin man am Südostrand des Berges hinabgelangen kann. Etwa in der Mitte des ganzen Stückes hören die Sommergewächse auf und die perennirenden beginnen in folgender Familienreihe längs der großen Taxushecke, welche das Terrain gegen Südost begrenzt:

Cruciferae, Violaceae, Zygophylleae, Ruteae, Geraniaceae, Lineae, Cistineae, Rosaceae (besonders die Dryadeen), Malvaceae, Papilionaceae und Umbelliferae.

Am Südostabhang des Berges, also nordwestlich von diesem Quartier, findet man die strauchartigen Rosaceen, besonders die Gattungen Rosa und Spiraea reich vertreten, während die Einfassung durch eine beträchtliche Artenzahl von Potentilla und Fragaria gebildet ist. Hier findet man auch einzelne Crassulaceen, deren Hauptstelle sich jedoch hinter dem untersten Warmhaus (von uns Tropenhaus genannt) befindet, wo man die Gattungen Sedum und Sempervivum reich vertreten sieht.

Bei den Umbelliferen sind wir an einen Punkt gelangt, wo uns vor einer später zu erwähnenden großen Koniferengruppe, welche sich am Abhang des Berges herabzieht, ein länglichrundes Beet angenehm überrascht durch einige hoch-

wüchſige Sträucher von Männchen und Weibchen des See=
dorns: Hippophaë rhamnoïdes L., deren mattes, bläuli=
ches Silbergrün angenehm absticht gegen die düstere Schat=
tirung der Nadelbäume. Besonders im Herbst gewähren die
weiblichen Exemplare mit ihren orangefarbenen Früchten
einen anziehenden Anblick, während die Männchen durch
schlankeren, graziöseren Wuchs erſetzen, was ihnen an Far=
benpracht abgeht. Dieser seltſame, gewiſſermaßen amphibi=
ſche Strauch aus der Familie der Eleagneen kommt be=
kanntlich am ſandigen Meerſtrand vor, für deſſen Dünen er
ein großer Segen iſt und zugleich in den kieſigen Betten der
Alpen=Gießbäche.

Unter dieſen Sträuchern findet man eine ziemliche An=
zahl theils 1—2 jähriger, theils ausdauernder Kreuzblumen,
außerdem ſchöne Exemplare der Euphorbia lathyris L.
Diese höchſt giftige Pflanze iſt bekannt wegen ihrer unter
dem Namen semen cataputiae minoris, kleine Springkör=
ner, offizinellen Samen. Der Name Springkörner rührt da=
her, weil im Hochſommer bei trocknem Wetter die Samen
mit einem kleinen Knall aus den drei Fächern der Kapſel
hervorgeſchnellt werden. Beim Abſchneiden der Pflanzen
muß man ſehr vorſichtig zu Werke gehen, denn der ſehr gif=
tige Milchſaft ſpritzt hervor und das kleinſte Tröpfchen im
Auge verurſacht ſchmerzhafte entzündliche Zuſtände. Die
Pflanze iſt zweijährig: im erſten Jahre bringt ſie nur einen
ganz aſtloſen Trieb hervor mit ſehr ſchönen, lanzettlichen,
regelmäßig vierzeiligen, dunkelgrünblauen Blättern mit wei=
ßem Mittelnerven und zarten Adern; im zweiten Jahr trägt

dieser Trieb den stark veräftelten und ausgebreiteten Blü=
thenstand.

Links von diesem Beet befindet sich auf einer Felsparthie
mit darauf angebrachten Beeten am Fuß des Abhanges der
größefte und befte Theil der Alpenpflanzen. Neben einigen
alpinen oder zarteren Spiraeaceen (die schöne rosenfarbene
Spiraea venusta u. a.) find hier vor allen die Ericeen
reich vertreten, in großer Anzahl z. B. die Gattungen Azalea
und Rhododendron, ferner: Kalmia, Andromeda, Le-
dum, Pyrola, Arctostaphylos, Arbutus und Erica.
Eine reiche Sendung von Alpenpflanzen aus Innsbruck hat
im Sommer 1863 eine recht gute Vertretung der europäi=
schen Alpenflora ermöglicht. Unter den Rhododendren er=
wähne ich nur die beiden Alpenrosen: Rh. ferrugineum L.
und hirsutum L. sowie die in Salzburg und Tyrol
vorkommende, seltnere: Rh. chamaecistus L.; neben
pontischen Azaleen findet man die zierliche tyroler Art:
Azalea procumbens L. Schöne Gentianen bilden die
Einfassung, besonders der prachtvolle gelbe Enzian: Gentiana lutea, welcher den größeften Theil der radix gentia-
nae luteae liefert, eine Zierde der meiften Alpengegenden
durch seine hohen Rispen großer, reingelber Blumen; dane=
ben die Gentiana asclepiadea L., die mit der großen Zahl
ihrer blauen Blumen die Waldränder der Alpen schmückt,
die fibirische G. adscendens Pall., die G. cruciata L.
unserer Wälder u. a. m. Weiterhin übernehmen das Amt
der Einfassung die zur Familie der Aristolochiaceen ge=
hörigen Haselwurzarten: Asarum europaeum L. und
As. canadense L., mit ihren nierenförmigen Blättern,

unter welchen sich die bräunlichen Blüthen verstecken, den Boden schmückend. Zahlreiche Farren und Lycopodiaceen suchen den schattigeren Hintergrund. Unter anderen Bürgern Nordamerika's findet man hier die schönen reinweißen Blumen der den Papaveraceen so nahe verwandten Jeffersonia diphylla Pers., von Decandolle mit Podophyllum zu einer besonderen Familie unter dem Namen Podophyllaceae vereinigt; die Primulaceen vertreten: die zarte, violblaue Soldanella alpina L. der europäischen Alpen, das duftende sogen. Alpenveilchen: Cyclamen europaeum L., mehr in den Voralpen, so z. B. im bairischen Hochland heimisch, mehre Arten von Primeln, unter denen ich nur Primula minima L. und Pr. farinosa L. hervorheben will. Neben der vielberühmten Linnaea borealis L., einer krautartigen Caprifoliacee mit den zierlichsten rosigen Glocken sieht man die verschiedenen Arten der Berberideengattung Epimedium mit graziösen Blüthen, die Anemonen (Anemone alpina L.), das heidenartige, aber eine sehr entfernte Familie repräsentirende Empetrum nigrum L., die Dryas octopetala L., welche der Abtheilung der Dryadeen unter den Rosaceen den Namen verliehen, überragt von verschiedenen Arten der Daphne im wahren Kontrast zu dem winzigen polaren Brombeerstrauch: Rubus arcticus L. (in Sibirien und Kanada heimisch) und den noch zwerghafteren Alpenweiden: Salix retusa L. und S. reticulata L., welche das Moos der Steine nicht überragen, zwischen denen sie wachsen. Bei weiterer Verfolgung des Weges, auf dem man sich befindet, gelangt man in die Nähe eines mit Borke bedeckten Schuppens, welcher über der Eisgrube errichtet ist, an ein halbkreisförmiges Beet, welches ausschließlich den Saxifrageen gewidmet ist. An der Mauer, welche dieses Beet begrenzt, findet man eine Reihe schattenliebender Pflanzen, als: Circaea, Helleborus, Chrysosplenium, Maianthemum, Adoxa, Erythronium, Melittis u. a.

IX. Das Arboretum.

Das eigentliche Arboretum befindet sich in dem nördlichen Theil des Gartens, welcher, durch einen breiten Weg von dem übrigen Theil getrennt, ebenso hoch ansteigt wie der sogenannte Berg. Außerdem sind noch an anderen Plätzen Baumgruppen und Bosquette angebracht, die ich nicht unerwähnt lassen will. In der Umgebung der erwähnten Eisgrube, welche am Nordende des Berges liegt, finden wir zuerst links vom Saxifragen-Beet die Familie der Cupuliferen in den Gattungen: Fagus (Buche), Quercus (Eiche), und Castanea (Kastanie), repräsentirt. Dahin gehört auch die südeuropäische Hopfenbuche: Ostrya vulgaris Willd. sowie die amerikanische Ostrya virginica Lam. Es folgen dann am Abhang vor der Eisgrube die Ulmaceen, so z. B. ein mächtiges Exemplar der Korkulme: Ulmus suberosa Ehrh. vom Kaukasus, der düsteren Ulmus exoniensis mit aufstrebenden Zweigen und umgerollten Blättern, der gemeinen Rüster: Ulm. campestris L.

Eine abgestorbene Ulme trägt die Ranken zweier Weinarten: Vitis tiliaefolia Willd. (= Vit. caribaea Dec. e Jamaica sec. Schltdl, cf. Steudel nomencl.) und V. Isabellina. Hippocastaneen, Acerineen, Plataneen, Celtideen, Salicineen (Populus), und die Haselnüsse

(Corylus), welche zu den Cupuliferen gehören, lösen einander ab. Es steht hier neben gewöhnlichen Haselnüssen ein schönes Exemplar der schon den alten Griechen bekannten, im Orient häufigen: Corylus colurna L. (türkische Nuß), die man so leicht an der straff aufrechten Stellung ihrer ruthenförmigen Zweige erkennt. Endlich will ich hier noch des aus Nordamerika stammenden, in eine besondere Familie gehörenden: Xanthoxylon fraxineum Willd. erwähnen.

Begeben wir uns nun bei der Eisgrube auf den Berg zurück, so finden wir sein viereckiges Terrain von allen vier Seiten durch Holzgewächse umschlossen, welche sich nach drei Seiten an den entsprechenden Abhängen hinabziehen. Im nördlichen Winkel bei dem Schuppen sehen wir eine schöne Traueresche durch die herrliche Schlingpflanze des nordamerikanischen Pfeifenstrauchs: Aristolochia Sipho Herilt. in prachtvollen lianenartigen Festons behangen, die ein luftiges, oft durchbrochenes Gebäude aus den überhandgroßen, herzförmigen, an der Basis ausgeschnittenen Blättern bilden. Dicht daneben steht ein ziemlich großes Exemplar der Quercus pubescens Willd., einer eigentlich südeuropäischen Eiche mit schönen krausen, am Rande welligen, sehr kurz sammethaarigen Blättern, die aber in Jena's Nähe am Gleisberg unweit der Kunitzburg wild auftritt und dadurch den Floristen und Pflanzengeographen viel Kopfzerbrechens verursacht. Unter den Bäumen stehen Kirschlorbeeren, Stechpalmen und andere immergrüne Gesträuche, welche wegen des zu rauhen Klima's im Winter einer Laubdecke bedürfen.

Die vier Ecken des Berges liegen ungefähr nach den vier Haupt-Himmelsgegenden gerichtet, so daß wir die Seiten

nach den Mittelrichtungen bezeichnen müssen. An der Nord=
westseite, welche sich bis zum Wohnhause ausdehnt, finden
wir von der Eisgrube ausgehend folgende Gattungen ver=
treten: Cydonia (die gemeine Quitte), Crataegus, Evony-
mus, ein schönes Exemplar des Tulpenbaumes: Liriodendron
tulipifera L., welcher zu der prächtigen Familie der
Magnoliaceen gehört, die in Nordamerika ganze Wälder
bildet, Bäume mit großen, oft glänzenden und schöngeform=
ten Blättern und großen, schönfarbigen Blumen, den Ra-
nunculaceen so nah verwandt, daß man sie fast für baum=
artige Vertreter dieser großen Gruppe ansehen könnte. Im
Prinzessinnengarten, welcher dem botanischen benachbart,
findet sich ein noch schöneres Exemplar des Tulpenbaumes.
Weiter folgen dann: Staphylea (Pimpernuß), die Grau=
erle: Alnus incana Willd., in den Alpenthälern unsere
Erlen vertretend und auch im Norden häufig, von unserer
Alnus glutinosa Willd. leicht zu unterscheiden an den
spitzen, nicht klebrigen, rückseits grauen Blättern, ferner:
Philadelphus, Deutzia, Prunus (mahaleb u. padus),
Syringa, Lonicera, Rhamnus, Viburnum, Sambucus,
außer dem gemeinen Flieder besonders der staudenartige,
niedliche Zwergflieder, welcher in den Alpen an schattigen
Felsen so oft durch seine nur wenige Fuß hohen Stämmchen
mit schön gefiederten Blättern und wenigen großen Blüthen=
rispen oft gleichzeitig mit den schwarzen Beeren überrascht, fer=
ner: Fraxinus*), Ebereschen (Pyrus aucuparia Gaertn.,
auch Vogelbeere genannt), Mandelbäume, Birken u. s. w.

---

*) Die gemeine Esche findet man im Großherzoglichen Park zu
Weimar in außerordentlicher Schönheit und Kraft.

Auf der Südwestseite finden wir außer dem zu den Caesalpinieen gehörigen: Gymnocladus canadensis Lam. und einem sehr schönen Exemplar der Ailanthus glandulosa Desf., in China und Ostindien heimisch (Fam. Xanthoxyleae), eine wahre Zierde für jeden Garten, nicht viel Bemerkenswerthes, denn es stehen hier in reicher Vertretung die Lonicereen, Syringa, die in unseren Wäldern heimische Elsbeere oder Alsbeere: Pyrus torminalis, die amerikanische Robinia tortuosa Hoffmannsegg, eine von den vielen fälschlicherweise Acacia genannten Papilionaceen (die Acacia gehört zu den Mimoseen), u. a.

Schreiten wir hinter dem Dache des Orangeriehauses fort, so treffen wir am Südostabhang des Berges die Amygdaleen, durch ein niedliches Gebüsch der Zwergmandel umfriedigt, die Pomaceen (Mespilus, Pyrus, Crataegus, Cydonia, Cotoneaster etc.) und die Grossulariaceen, welche tief an den Abhang hinabziehen. Diese sind durch den hinabführenden Weg von den holzigen Papilionaceen getrennt, welche in reicher Vertretung die zweite Hälfte der Südostseite begrenzen, besonders in den Gattungen: Cytisus, Genista, Robinia, Caragana, Amorpha, Sophora (japonica L.), Spartium.

Die Nordostseite endlich wird von den Zapfenbäumen oder Nadelhölzern (Coniferae) gebildet, wir finden hier neben der Edeltanne (Pinus picea L.), Fichte (Pinus abies L.) und Kiefer (P. silvestris L.) die schöne in den höheren Alpen häufige Zirbelnußkiefer oder Zirme (P. cembra L.), von den Bewohnern des Ober-Engadin Arve genannt, die kanadische Schierlingstanne (P. canadensis Ait.), die französische langnadelige Kiefer: P. pinaster Ait., die Weymouthskiefer: P. strobus L., die Zwergkiefer der Alpen: P. mughus Scop., die nordamerikanische: P. rubra Lamb., der abendländische und morgenländische Lebensbaum: Thuja occidentalis L. und Th. orientalis L., so wie mehre andere Arten dieser Gattung z. B. Th. Wareana Hort., Th. italica etc. Im System der Stauden steht in der Nähe ein treffliches Exemplar des virginischen Wachholders: Juniperus virginiana L.

Das Arboretum besuchen wir am besten auf dem Wege, welcher die große Taxushecke, die hinter dem Konservatorium beginnt, durchbricht, denn hier treffen wir zunächst auf die Coniferen oder Nadelhölzer im Anschluß an die soeben gemusterten. Freilich sind die hier vorhandenen Exemplare noch klein, aber sie bieten eine hübsche Sammlung im Freien ausdauernder, exotischer Nadelbäume dar. Durch die hohe Hecke des düsteren Taxus schreitend, werden wir angenehm überrascht durch eine breite Einfassung des südeuropäischen Hornkrauts, deren bläulich weiß behaartes Blattwerk angenehm gegen das Blaugrün der meisten Coniferen absticht. Diese Einfassung von Cerastium tomentosum Dec. ist einer der zahlreichen Beweise von dem feinen Takt, welcher den natursinnigen Garteninspector Baumann auszeichnet. Links vom Wege beginnen die Nadelbäume, deren Ursprung wir neben unseren Gegenden in Nordamerika, Japan, auf dem Libanon, im Kaukasus u. s. w. zu suchen haben. Hier zeigt sich uns das laubabwerfende Taxodium distichon Nordamerika's, von welchem Baum der botanische Garten zu Hamburg eine überaus schöne Gruppe aufzuweisen hat.

In Mexiko und den Vereinigten Staaten erlangt die laubabwerfende Zypresse einen ungeheuren Umfang, der Stamm
wohl an 90 Fuß im Umkreis. Noch steht der Baum von
Chapultepec, unter welchem vor der Eroberung von Mexiko
Montezuma zu sitzen pflegte. Dieser Baum gehört zu
den wenigen Coniferen, welche, wie die Lärche, im Herbst
die Nadeln abwerfen, daher im Frühling durch doppelt schönes Grün erfreuen. Diese Bäume werden sehr alt und zum
Theil sehr hoch und umfangreich. Am berühmtesten in dieser
Hinsicht ist die sogenannte Riesenzypresse Californiens geworden, ein Baum, welcher 300 — 400 Fuß Höhe und ein
erstaunliches Alter erreicht. Dieser merkwürdige, gedrungene
und schöne Baum, von Endlicher Sequoia*) gigantea
genannt, ist, obgleich er den norddeutschen, nassen Winter
schwer verträgt, hier in einigen Exemplaren im Freien, übrigens auch im Gewächshause vertreten. Hier steht die berühmte Zeder vom Libanon (Pinus cedrus L.) und die
wunderherrliche ostindische Deodarafichte: Pinus deodara
Roxb. Die libanotische Zeder wird von europäischen Reisenden zuerst im Jahre 1550 durch Belon und 1556 durch
Fürer erwähnt, doch kennt auch Theophrast von Eresus sie:
$\varkappa\acute{\varepsilon}\delta\varrho o\varsigma\ \vartheta\alpha\upsilon\mu\alpha\sigma\tau\grave{\eta}\ \grave{\varepsilon}\nu\ \Sigma\upsilon\varrho\acute{\iota}\alpha$ (hist. 5, 8). Vor einiger
Zeit standen nach dem Bericht von Hooker auf dem Liba-
non noch 400 Zedern bei dem Dorf Eden. Nach den Jah-
resringen bestimmte Hooker ihr Alter auf 2500 Jahr, doch

---

*) Ein nordamerikanischer Autor nennt ihn Washingtonia, ein
englischer Wellingtonia, andere belegen ihn mit noch anderen Gattungsnamen.

sind sie wahrscheinlich nur 800 Jahr alt, wenn man ihnen ein so rasches Wachsthum zuschreiben darf, wie den Zedern zu Chelsea. Die beiden schönsten Zedern des Kontinents erhoben sich bis vor Kurzem bei Saconnex unweit Genf, und es zeugt von einer in unseren Zeiten seltenen Rohheit, daß ihr Besitzer sie vor einem Jahre aus kleinlichem Egoismus hat fällen lassen.

Die so zierlich belaubte Deodarafichte oder Deodarazeder stammt aus den Gebirgen des nördlichen Indien. Die spanische Pinsapofichte von Granada steht neben der kephalonischen: P. cephalonica Steud., die elegante westindische: P. spectabilis Lam. neben der korsischen P. laricio Poir., neben der Balsamfichte: P. balsamea L. und der P. nigra Ait. von Nordamerika. Auch die elegante Cryptomeria iaponica, im nördlichen China und Japan heimisch, kann man hier finden, wenn sie auch zu frieren scheint und nicht so behaglich aussieht, wie der kleine nordamerikanische Zwergwachholder: Juniperus prostrata Michx. und selbst die von den Engländern als breitblättrige Tanne bezeichnete Cunninghamia lanceolata R. B. (Cunningh. sinensis Rich.), welche einigen Araucarien so ähnlich sieht. Diese elegantesten aller Coniferen, durch einfachen, architektonischen, symmetrischen Bau vorzugsweise ausgezeichnet, muß man bei uns in den Gewächshäusern suchen, obschon hie und da der Versuch zu ihrer Kultur im Freien gemacht worden ist. Es gehören dahin die hohe Araucaria excelsa Ait. von Neuholland und Neukaledonien, vorzugsweise aber auf den Norfolk-Inseln häufig, die A. Cunninghami Steud. von der Moreton-Bai in Neuholland, die A.

Bidwilli, von J. G. Bidwill auf dem Gebirge unweit der Moreton=Bai im nordöstlichen Australien entdeckt und dem botanischen Garten zu Kew zum Geschenk gemacht.

Wir müssen uns mit flüchtigem Ueberblick bei der ersten Orientirung begnügen und verfolgen unseren Weg weiter, indem wir uns rechts halten, zu einer hübschen Gruppe von Weiden, zum Theil aus Nordamerika, und Seedorn, wor= unter wir die Hippophaë salicifolia G. Don. von Neapel erblicken. An der den Garten im Norden begrenzenden Mauer zieht sich nun ein Bosquett mit Laubhölzern entlang, unter denen ich nur ganz Einzelnes hervorheben will. Zunächst treffen wir auf Plataneen und Cupuliferen. Unter den Vertretern der erstgenannten Familie finden wir neben der abendländischen Platane: Platanus occidentalis L. Nord- amerika's, von welcher ein herrliches Exemplar am Graben hinter dem sogenannten Marstall steht, vom Herrn Garten- inspector Baumann im Jahre 1824 im damaligen Garten der Erholungsgesellschaft gepflanzt, den Ambrastrauch der südlicheren Staaten der Union: Liquidambar styraciflua L. Hier steht einer jener wachsreichen Sträucher aus der Familie der Myriceen, nämlich Myrica cerifera L., deren Früchte ein für die Technik nicht unwichtiges Wachs als Ueberzug tragen. Aus der Familie der Cupuliferen er- wähne ich neben den schon vorhin genannten Pflanzen die Lampertsnuß: Corylus tubulosa Willd. des südlichen Eu- ropa; aus der Familie der Juglandeen, der vorigen so nahe verwandt, die Pterocarya caucasica C. A. Meyer und die nordamerikanische schwarze Nuß: Juglans nigra L.; aus der Familie der Urticaceen neben dem weißen Maulbeerbaum den Papiermaulbeerbaum: Broussonetia papyrifera Vent. von Japan und den Gesellschaftsinseln, sowie eine chinesische Ulme: Ulmus sinensis; aus der Familie der Acerineen den Acer tataricum L.; aus der der Laurineen den Laurus benzoïn Willd.; unter den Oleaceen die im Frühjahr durch gelbe Blüthen erfreuende Forsythia viridissima Lindl. und die chinesische Esche (Fraxinus chinensis), u. s. w.

Es folgen nun auf einander die Familien der Amygdaleen, Grossulariaceen und Rosaceen, diese letzten am Ende des Gartens in den beiden Gruppen der Roseen und Spiraeaceen reich vertreten. Jenseit der schönen Rasenfläche, welche die Mitte des für das Arboretum bestimmten Raumes einnimmt, folgen die Familien der Pomaceen, der Papilionaceen in reicher Vertretung, der Anacardiaceen (Rhus glabra L. Am. bor. = Rh. elegans Ait., Coriaria myrtifolia L. Eur. Afr. medit., Ptelea trifoliata L. Amer. sept. und mehre andere Arten); endlich führen die Berberideen uns zurück zu den Coniferen, von welchen wir ausgingen. Auch auf dem Rasen zerstreut ist noch manches für uns Anziehende. Zwei schöne Gruppen von Tamarisken, der südeuropäischen Tamarix gallica L. und der afrikanischen Tam. africana Poir. sind mit ihrem zarten Laub und ihren zierlichen, rosafarbenen Blüthen ein großer Schmuck für den Garten. Einige nordamerikanische Magnolien (M. glauca L. und M. acuminata L.) wird man, obgleich die Exemplare noch unbedeutend sind, gewiß zu der Zeit nicht übersehen, wenn sie ihre schönen, tulpenförmigen Blumen zur Schau tragen. Die herrliche Paulownia imperialis

Sieb. et Zucc. läßt leider die Ungunst des Klima's hier nicht zur Blüthe gelangen, wie in den südeuropäischen Gärten. Schon in Genf kann man diesen prächtigen Baum mit seinen großen Blättern alljährlich die violetten Glocken entfalten, ja sogar die Fruchtkapseln zur Reife bringen sehen. Es ist das Fortkommen dieses Baumes in südlicher gelegenen botanischen Gärten um so erfreulicher, als baumartige Vertreter der Familie der Scrophularineen, wozu die Paulownia gehört, überhaupt nicht gar häufig sind.

Mit großen, rosenfarbenen Blüthen schmückt alljährlich der schon im südlichen Tyrol wild vorkommende Judasbaum: Cercis siliquastrum L., zu den Caesalpinieen gehörig, seine Laubkrone, aus nierenförmig eingeschnittenen Blättern gebildet; neben ihm steht die schon in Süddeutschland heimische Kronenwicke: Coronilla emerus L. aus der verwandten Familie der Papilionaceen. Diese hübsche Pflanze galt früher sogar als offizinell unter dem Namen: Herba coluteae scorpioïdis.

Auch die schöne Gruppe von Coniferen aus der Zunft der Cupressineen, besonders aus der Gattung Thuja, am unteren Ende der Rasenfläche, in der Nähe ihrer Verwandten, zieht die Aufmerksamkeit jedes Besuchers an. Thuja australis Bosc., Th. tatarica Hort. angl., Th. pyramidalis Tenor. von Neuholland und andere, sämmtlich erst vor fünf Jahren gepflanzt, wetteifern schon jetzt um den Preis der Schönheit.

Mit Recht wird es vom Herrn Garteninspector Bau=
mann als einer der größesten landschaftlichen Vorzüge des
Arboretums angesehen, daß es gewissermaßen unbegrenzt sei,
daß nirgends eine Mauer den Blick wehre, sich schrankenlos
in die weite Landschaft des Saalthals zu verbreiten. In der
That sind die Mauern und Umfriedigungen so trefflich ver=
steckt, daß man sie bei der hohen Lage des Gartens nirgends
gewahrt. So schweift auch das Auge in den nahen Prinzes=
sinnengarten ungehindert hinüber, und ich beginge fast ein
Unrecht, hier nicht auch auf die dort vorhandenen Pflanzen
hinzuweisen, soweit sie vorzugsweise dem Botaniker von Interesse sein können, da der Eintritt mit so großer Liberalität
Jedermann gestattet wird.

Der Teich im Prinzessinnengarten ist in jedem Sommer
bedeckt mit den großen weißen Blumen der Wasserlilie:
Nymphaea alba L., an Schönheit der vielbesungenen Lo-
tosblume vergleichbar, eine sehr schöne Ergänzung des Aqua-
riums im botanischen Garten, weil diese Pflanze in der an
Wassergewächsen überhaupt armen Jenaischen Flora so selten
ist, ja in der Nähe von Jena ganz fehlt. Außerdem habe ich
nur auf einige Bäume von besonderer Vollkommenheit auf=
merksam zu machen; auf den Tulpenbaum, die verschiedenen
Weiden, besonders die Trauerweide: Salix babylonica L.,
die schönste ihres Geschlechtes, welche leider durch die weit
weniger anmuthige amerikanische Hängeweide jetzt in den
meisten Gärten verdrängt wird, weil diese etwas weniger
unter den Unbilden der Witterung leidet, ferner die Birken,
welchen, als sandliebend, im Ganzen der Jenaische Kalkboden
schlecht behagt, weshalb man hier selten kräftige und gesunde

Bäume sieht, die Pappeln, besonders schöne Exemplare der Graupappel: Populus canescens Smith., die recht alten und dickstämmigen Taxusbüsche, eine ganz hübsche Gruppe von Coniferen, bestehend aus Lärchen, Fichten, Weymouthskiefern, Wachholdern, virginischen Wachholdern, abendländischen Lebensbäumen*), ferner große Bäume der wild vorkommenden Elsebeere: Pyrus torminalis Ehrh., wahre Riesenexemplare des Maßholders: Acer campestre L., den man in der Jenaischen Flora fast nur strauchartig zu sehen gewohnt ist, einen sehr schönen Baum von Acer rubrum Ehrh. aus Nordamerika**), ein kleines Exemplar von Acer negundo L., ebendaher u. s. w.

Wer ernster naturwissenschaftlicher Studien halber in Jena sich aufhält, der wird auch die Belehrung da nicht verschmähen, wo sie sich ihm gewissermaßen auf der Straße anbieten sollte, er wird eben so wenig die Standorte einiger nicht ganz häufigen Pflanzen inmitten der Stadt in den Gassen und auf den Mauern außer Acht lassen, als er beim Spaziergang um den Graben die mancherlei hier angepflanzten Bäume ungeprüft passiren wird. Ein solcher aufmerksamer Sinn findet stets seinen Lohn im Finden und Entdecken. Am Fürstengraben findet z. B. der Vorübergehende bei'm Pulverthurm die großblättrige amerikanische Linde: Tilia macrophylla Hort. (T. heterophylla Vent.), weiter unten den zierlichen: Acer pensylvanicum L. (Acer stria-

---

*) Kräftigere und größere Koniferen kann man im Großherzoglichen Park zu Weimar sehen, besonders Lärchen, Zirmen und Zwergkiefern in ausgezeichneten Exemplaren.

**) Die vereinigten Staaten werden als Vaterland bezeichnet.

um Lam.), noch weiter unten in der Nähe des Gasthofs
um Bären ein schönes Zwillingspaar nordamerikanischer
Hippocastaneen: Aesculus flava Ait. und Aesculus
avia L., wovon leider der eine einem Hausbesitzer zu
liebe, welcher seine Aussicht frei geschnitten haben wollte,
eine Gesundheit hat einbüßen müssen.

Diese Streifzüge ließen sich noch lange fortsetzen, aber
wir würden uns dabei nicht nur vom botanischen Garten,
sondern allmählich selbst von Jena entfernen. Mir muß es
genügen, auf die Ausbeute hingewiesen zu haben; diese selbst
ist Sache derer, die sich unterrichten wollen. Ich schließe daher mit dem Wunsche, daß das Büchlein den gehofften Nu-
en recht Vielen gewähren möge.

Druck von Breitkopf und Härtel in Leipzig.